키시베 로한은 외치지 않는다

키시베 로한은 외치지 않는다

단편
소설집

이바 유스케 키타구니 발라드 미야모토 미레이 요시가미 료

original concept

아라키 히로히코 김동욱 옮김

C O N T E N T S

쿠샤가라

키타구니 발라드

시시 쥬고志士十五*라는 필명은 잘못된 구구단이다.

인생은 계산대로만 돌아가진 않는다.

그런 뜻을 담아서 지은 이름이라고 했다. 한자만 보았을 때는 '교차점이 너무 많아서, 교토의 지도를 보는 것만 같군'이라고 키시베 로한은 생각했다.

같은 슈에이샤에서 일하는 만화가로, 연말 파티—참가하고 싶지도 않았던—에서 처음 만나 이야기를 나누었을 때 쥬고 본인에게 유래를 들으면서도 흐음, 하는 생각밖에 들지 않았다. 로한은 그렇게 기억하고 있었다.

그러나 그 이름에 담긴 의미를 뼈저리게 맛보게 된 것은 로한 쪽이었다.

---

* 일본어로 〈志士十五〉는 〈四四十五〉와 발음이 같다.

"…빈자리라면 있잖아?"

"그런데?"

"그런데 왜 굳이 내 자리에 와서 동석하는 거지?"

"그야~ 카페에 왔더니 동료가 있잖아? 인사까지 하고서 굳이 떨어진 자리에 앉아 서로 말없이 차만 마시고 돌아가는 건, 뭐랄까 오히려 부자연스럽지 않아? 섭섭하게— 당연히 〈동석〉이지, 이런 상황에서는."

카페 〈뒤 마고〉에서 얼그레이를 마시며 신작의 소재를 정리하려던 로한에게 갑자기 누군가가 친구라도 만난 것처럼 말을 걸어왔다.

그 상대가 가끔 이 카페에 오는 시시 쥬고였던 것이다.

이러니저러니 하는 사이 로한의 맞은편에 앉은 쥬고는 냉큼 진저에일을 주문하더니, 맞은편에 눌러앉았다.

혼자서 조용히 생각할 시간을 가지려던 로한에게는 폐가 이만저만이 아닐 따름이었다.

"그 뭐냐… 〈동료〉라고?"

"맞잖아? 같은 출판사 일을 하는 만화가잖아."

"우리는 〈동업자〉는 맞지만… 내 레벨을 생각하면 그저 같은 만화가라는 이유만으로 동업자라고 부르는 것도 짜증나는데… 딱히 동료라고 할 사이도 아니잖아. 오히려 경쟁자라고 하는 편이 낫지 않나?"

"섭섭한 소리 마셔, 로한 선생~ 만화가란 가끔 담당 편집자랑 얘기하는 걸 빼면 고독한 족속이잖아~? 얘기할 수 있는 상대를 발견하면 얘기해둬야지, 그러지 않으면 대화하는 법 자체를 까먹어버릴걸~"

"……"

뚫린 입이라고 말은 잘하는군. …이라고, 로한은 마음속으로 투덜거렸다.

확실히 만화가나 작가들은 상대적으로 외부 활동을 꺼리는 사람이 많다.

쥬고가 말한 대로 생활하는 사람도 꽤 있다.

그러나… 로한은 성격이 꼬이기는 했어도 딱히 고독하지 않은데다(의지할 만한 친구도 있고) 다른 사람과도 꽤나 이야기를 나누는 편이다. 애당초 진짜로 고독하다 한들 하나도 불편하지 않을 것이다.

그런데 이 시시 쥬고라는 남자, 만화가로서는… 생긴 것처럼 넉살이 좋다고 할까 수다스럽다고 할까, 물에 빠져도 입만 둥둥 뜰 것 같은 남자다.

맞다. 로한은 생각났다. 쥬고는 처음 만났을 때도 물어보지도 않았는데 주절주절 필명의 유래를 떠벌려댔다.

"그런데 로한 선생은 웬일이야? 〈신작의 소재〉라도 구상하러 온 건가?"

"날카로운걸. 칭찬해주지. 하지만 그렇게 생각한다면 나 혼자 느긋하게 조용히 생각 좀 하게 해주지 않겠어?"

"이런 우연이 있나! 실은 나도 소재를 구상하러 왔거든."

"상대가 있으면 최소한 대화를 해! 혼잣말이면 다른 자리 가서 하고!"

"카페에서 중얼중얼 혼잣말을 하면 무섭잖아~ 혼잣말을 하더라도 남들이 이상한 녀석이라고 생각하지 않게 맞은편에 누군가 같이 있는 게 좋다니까."

"그럼 허수아비라도 세워놓고 하면 되잖아. 의외로 좋은 콤비가 될지도 몰라."

"그렇게 섭섭한 소리 마셔, 로한 선생. 내가 쏠 테니까… 응?"

"뭣이?! 웃기지 마! 이 자식, 나 키시베 로한이 고작 홍차 한 잔에 넘어가 실실거리기라도 할 줄 아는 거냐?!"

"아니 그러니까 진정해 좀! 그렇게 큰 소리로 이름을 외치지 말라고… 넌 유명인이잖아. 봐봐, 학교 끝나고 집에 가는 애가 이쪽을 보고 있다고. 어쩔 거야, 사인해달라고 매달리기라도 하면 콘티 구상 같은 걸 하고 앉아 있을 여유도 없을걸."

"……"

"아니면 아이들을 좋아한다거나?"

"싫어해."

"그럼 이야기가 빠르겠네. 애당초 이렇게 눈에 띄는 데서 혼자 있겠다는 것부터가 무리라고… 그럼 어떡하지? 나랑 로한 선생은 서로 아는 사이인데 말이야. 카페에서 굳이 다른 자리에 앉아 서로 외면하고 차를 마시는 게 오히려 묘한 소문이 돌기 딱 좋지 않으려나?"

"…쳇."

로한은 명백하게 짜증이 났다.

이 쥬고라는 남자에게서 느껴지는 짜증의 정도는 뭐랄까… 맞다, 그 망할 놈의 죠스케나 바보 오쿠야스에게 느꼈던 것과 가까운 기분이 들었다.

이런 녀석은 단순한 주제에 행동을 예측할 수 없어 성가시다.

보고 있으면 다음 순간에 더욱 짜증나는 짓을 시작하는 것이 아닐까 싶어 그걸 예측하는 것만으로도 정신이 사납다. 흙발로 남의 방에 쳐들어와서 선반 위의 컬렉션을 처덕처덕 만지거나, 감자칩이라도 먹은 손으로 책을 읽고서는 책장에 거꾸로 꽂아놓을 것 같은 기분이 든다. 뭐 그밖에도 별의별 짜증나는 포인트를 수도 없이 댈 수 있지만, 결국 이런 녀석들의 짜증나는 포인트는 대체로 비슷하다.

같은 만화가, 표현자로서 있을 수 없는 적당적당한 느낌,

무신경함이 로한의 신경을 거스른다. 그래서 기본적으로 거북한 것이 틀림없다.

그러나,

"아니 아니 아니, 뭐랄까? 거 나도 알거든? 응… 알지 알아. 오픈테라스석에서, 상쾌한 바람 속에서, 마을이 살아 움직이는 소리를 들으며 소재를 구상하면 말이야, 무지 일이 잘되잖아."

"…그렇다마다."

"혼자 방안에서 작업하는 것도 집중이 잘되지만, 그것만으론 안 돼. 〈표현〉이란 건 에너지가 필요하니까 말이야… 〈살아 움직이는 에너지〉 속에서 구상하는 게 중요한 거야."

"……"

"그래서 마을의 공기는 좋아… 흘러넘치는 〈생활〉이 BGM이 되지. 리얼리티라든가 생생함이라든가 그런 건 자기 내면에서는 나오지 않는데다, 방구석에 박혀 있는다고 어디서 뚝 떨어지는 게 아니야. 밖에 넘쳐흐르는 걸 포집捕集해와야 하거든… 그래서 자기 집에 틀어박히는 게 허용되는 직업인데도, 귀찮게 면도 같은 걸 하고 밖으로 나오는 거라고. 적어도 난 그래."

"…제법 만화가다운 말도 하는군."

사실 한 사람의 만화가로서는, 로한도 이 남자가 싫지 않았다. 시시 쥬고의 작품은 작가의 거친 외모… 바짝 깎아 붉게 염색한 머리나 피어싱을 한 눈꺼풀에서 느껴지는 이미지와 상반되는 판타지 작품이다.

가공의 문명, 가공의 역사를 그리고 있음에도 불구하고 거기에는 면밀한 리얼리티가 설계되어 있다.

현실에는 없다고 하더라도, 만화의 세계에는 만화의 세계 나름대로 상식과 물리가 있고 등장인물 하나하나의 인생이 있다. 그것을 그리기 위해서 시시 쥬고는 〈경험〉과 〈지식〉이 필요하다고 생각하기 때문에 평소부터 역사나 풍습에 관해 공부하고, 연구하고 있다.

그런 발상을 토대로 그려진 쥬고의 작품에는 항상 〈이치〉가 그 뼈대를 이루고 있다는 인상이 느껴지는 것이다.

그런 만큼 로한은 이 남자에게 철저히 매정하게 굴 수 없었다.

물론 이 남자가 '자신보다 굉장한 만화가'라고는, 그렇게까지는 절대로 생각하지 않지만.

"…그래서, 로한 선생의 신작이라는 건 어떤 느낌이려나?"

"거기까지 얘기해줄 의리는 없거든. 소재를 도둑맞으면 짜증나잖아."

"그러면 말이야~ 내 소재를 들어줘. 그 왜, 역시 자기는 재미있다고 생각한 소재도 〈객관적 시점〉이라는 게 필요하잖아?"

"왜 내가 그런 걸 들어야 하는 거지?"

"아니, 가끔은 〈호러〉라는 걸 메인으로 한번 도전해볼까 싶거든. 로한 선생이라면 그런 센스에도 자신이 있지 않을까 싶어서 말이야."

"…자네, 권선징악 주제의 소년만화만 그리지 않았나? 할 수 있겠어? 호러만화 같은 걸."

"하지만 말이야, 난 유령 같은 건 완전 아무렇지 않은 편이 거든… 그런데 이를 테면, 일상 속의 공포 같은 건 꽤 무섭 겠다는 생각이 들어. 그래서, 난 뭘 무서워하지? 생각해봤는 데 〈몇 번이고 보충해도 왠지 바닥나버리는 화장지〉… 같은 건 꽤 가까운 곳에 도사리고 있는 공포 같은데 말이야~… 아, 〈어쩐지 끈적끈적한 화장지〉도 무서운걸! 어쩌지, 고민돼 ~…"

"상당히 쫄았어. 찔끔할 뻔했어. 최고야."

"좋았어, 꽝이군. 알기 쉬워서 고마운걸."

로한은 웃지 않았고, 쥬고는 웃었다.

"아니 그보다, 담당이랑 상의하라고. 그런 건… 나 말고."

"담당! 맞다, 담당 하니까 생각났어! 나 말이야, 뭐 하나 얘 기하고 싶은 게 있는데."

"난 없거든."

당연하게도 대화는 어긋났지만. 쥬고는 상관하지 않고 이야기를 계속했다.

그 넉살이 뻔뻔하다고 느끼면서도 로한은 즉각적으로 화내며 자리를 뜨거나 하지는 않았다.

"이것 좀 봐."

"……"

쥬고는 가지고 있던 가방 안에서 A4 사이즈의 봉투를 꺼내 로한에게 보여줬다. 〈종합 출판의 슈에이샤〉라는 로고는 로한도 익히 알고 있는 것이었다.

쥬고는 그 개봉된 봉투의 내용물을 꺼내면서 이야기를 시작했다.

"얼마 전에 〈담당 편집자〉가 교체됐어… 예전 담당은 일을 잘하는 사람이었지. 감자칩 취향도 맞았고… 〈나 홀로 집에〉는 시즌3을 좋아한다는 점도 좋았어. 국내 음악만 듣는 사람이었는데, 매일 〈미셸 건 엘리펀트〉만 듣는다는 점이 최고였지… 일 끝나고 크게 틀어놔도 호응해줬어."

"사이가 좋았군."

"정말 좋은 사람이었어. 유능했지. 유능하다보니 출세를 해버렸지 뭐야."

"파트너랑 생이별한 셈이로군."

"뭐, 그건 그렇다 칠 수 있어. 업계에서 늘상 있는 일이니

16

까… 좌천이면 몰라도 승진이면 축하할 일이기도 하고. 그런데 말이야. 새 담당은… 아니, 이 사람도 나쁜 사람은 아니야."

"하지만 썩 좋은 사람도 아니다?"

"아니, 그렇지는 않아. 오히려 좋은 사람이야. 예의 바르고, 센스 있는 사람… 다만, 지나치게 성실해. 성실한 건 좋아. 일할 때 진짜 중요한 거야. 하지만 뭐든지 〈지나치면〉 문제란 말이지… 안 그래?"

"그건 부정하지 않아."

성실함도 방향성의 문제다.

로한은 일에 관해서는 성실하다. 인간성은 아무리 비뚤어져 있어도, 만화를 그리는 데에 있어서는 〈배반〉하지 않는다.

결과적으로 인간을 속이는 일은 있어도, 만화를 속이는 일은 없다.

"좋다고. 성실한 건 좋아… 대환영이야. 하지만 시기가 좋지 않아. 로한 선생은 뭐, 서류 같은 거 받은 거 없어?"

"없는데. 최근 편집자가 가져온 거라면 〈근육맨〉의 스티커 정도려나… 〈카레 쿡〉이야. 모른단 소리는 말라고."

"엄청 부러운걸, 좋겠어. 하지만 말이야, 내 편집자는 '변변치 못한 겁니다만'이라면서 진짜로 변변치 못한 걸 가져온다니까… 봐봐."

그러면서 쥬고는 봉투에서 얇은 책자를 꺼냈다.

시원할 정도로 사무적인 외관의 책자. 하다못해 표지라도 질 좋은 종이로 하려는 풍치조차 느껴지지 않는, 단순한 복사 용지의 묶음 같은 것이었다.

그 무미건조한 종이 묶음의 맨 첫 장에는 또 무기질적인 고딕체로 큼직큼직하게 글자가 적혀 있었다.

"…금지 용어 리스트?"

"그래. 그러니까 만화나 출판물에 쓰면 안 되는 단어 리스트지."

"뭐 이런 시답잖은 걸 주는데~!"

"그렇지~? 아니, 표지만 봐도 진저리가 난다니까. 하지만 내용은 한술 더 떠. 봐봐."

그러면서 쥬고는 팔락팔락 페이지를 넘기며 내용을 보여 주는 것이었다.

그곳에는 50음순으로… 출판물에서는 좀처럼 볼 일 없는 〈규제 단어〉들이 무기질적으로 들어차 있었다.

과연. 진저리가 날 만도 하다.

이 규제는 만화가 〈예술〉에서 〈상품〉이 되기 위한 규칙이자, 목줄이다. 순수한 표현을 파는 물건으로 바꾸기 위한 것.

그런 것이 빼곡히 나열된 리스트 같은 게 재미있을 리가 없다. 재미있을 리가 없지만, 그렇다고 무시할 수도 없다.

"뭐… 내용은 납득이 되는 것도 많군. 눈에 띄는 건 소위

차별 용어라는 거… 〈상품〉으로서 출판하는 이상 내 작품에서도 피하는 표현이야."

"그거야 뭐ㅡ 프로니까."

"하지만… 뭐야 이거? 납득이 되는 것도 있지만… 납득이 되지 않는 것도 있다고. 뭐야 이거? 좀 너무한 거 아닌가?"

"그렇지~?! 〈감전사〉라든가 〈고압선〉이라든가, 아니 이게 왜 금지돼야 해? 싫어서, 왜냐고 물어봤더니 말이야, 얼마 전에 일어난 변사 사건에 대한 〈배려〉라는 거야! 알 게 뭐냐고! 바보야! 물론 이런 소린 안 했지만. 난 어른이니까 그 자리에서는 납득한 척을 했지."

"〈지진〉이나 〈쓰나미〉도 안 된다고…? 이건 좀 민감하다고 할까, 빡빡한 거 아닌가?"

"그렇지~? 아니 뭐 우리 만화가는 〈그림〉으로 승부를 보지만 말이야. 그래도 〈이야기〉가 없으면 그게 만화냐고ㅡ 말은 무조건 중요해. 무난한 표현으로 바꾸거나, 콘티를 바꾸거나, 그 정도는 할 수 있지만 말이야아. 리얼리티가 없어지잖아? 이렇게 사용할 수 있는 말을 제한당하면 가짜 같은 이야기가 돼버린단 말이야."

"그러게… 이건 나 역시 좀 그런 것 같은데."

실제로 그 리스트는 명백하게 과도했다.

일단 어째서 쓰면 안 되는지 주석이 달려 있기는 했지만,

그 내용이 전혀 납득이 되지 않았다.

대체 누구의, 어떤 항의를 겁내는 것인가.

출판사라는 조직은 이렇게까지 겁이 많은 것인가.

리스트를 받지 않은 로한으로서도 당혹감과 분노를 느끼지 않을 수 없었다.

한 사람의 표현자로서, 표현이 규제당하는 것. 그것은 강제로 호흡을 멈추는 고통과 다를 바 없다.

그러나… 아무래도 쥬고가 하려던 이야기의 주제는 그것이 아닌 모양이었다.

"뭐, 나도 프로야. 쓰면 안 된다고 하면 나도 안 써. 빌리거도 돈을 받는 이상은 룰에 따라야 하는 거니까 말이야. 누군가가 그랬지… "만화는 예술이 아니라 엔터테인먼트다"라고."

"나로서는 그 말에 대해서 이것저것 할말이 많지만 말이야…"

"뭐, 지금 할 얘기는 아니지."

쥬고가 그렇게 단정하는 바람에 로한은 살짝 짜증이 났지만, 쥬고는 로한이 무슨 말을 할 틈도 주지 않고 이야기를 계속했다. 그런 템포 조절에 능숙했다.

"로한 선생이라면 알아줄 거라고 생각하는데… 중요한 건 그저 자신을 표현하는 것만으로 끝이 아니라는 거야. 누군가를 즐겁게 해준다. 남에게 보여줘야 의미가 있는 물건이라는 거지… 그렇다면 우선 세간에 내놓기 위한 룰이라는 걸 무시할 수 없어. 안이하게 ○○○○라느니 ××××라느니─ 이 자리에서 쓰는 것조차 꺼려지는 표현─그런 걸 쓰면 불쾌하게 생각하는 사람이 더 많다는 건 나도 알아."

"그야 뭐. …'누군가가 읽어주지 않으면 의미가 없는' 법이니까. 노트에 낙서하고 자기 혼자 기뻐하는 중학생도 아니고. 새로운 화를 기대하며 잡지를 사주는 독자에게 작품을 전하기 위해서라면, 그런 이유로 일을 내팽개칠 수야 없지."

"그러니까 괜찮아. 전혀 납득은 안 되지만 그건 괜찮아. 룰이라면… 축구에서 말하는 〈오프사이드〉 같은 것도 느낌이 딱 오지는 않아도 따라야지. 하지만──"

쥬고는 팔락팔락 페이지를 넘겼다.

그리고 비교적 페이지 수가 적은 위치. '카'행의 단어를 찾아 가리켰다.

〈쿠샤가라〉

그 단어는… 로한 역시 당황스러웠다.

"…〈쿠샤가라〉?"

"이 단어, 뭔지 알겠어?"

고개를 갸웃거리는 로한에게 쥬고가 물었다.

─쿠샤가라.

로한의 인생에… 아니, 인생을 걸고 로한이 자신의 머릿속에 축적해온 지식, 소재 중에 이런 소리의 단어는 없었다.

무슨 의성어 같기도 하고. 아무런 의미도 없을 것 같았다.

"아니, 전혀 모르겠어. 무슨 방언인가?"

너무나도 생소한 말이다보니 기분 나쁜 느낌마저 들었다.

그러나 한편으로는 그 단어가 가진 신선한 울림에 로한은 적지 않은 관심이 생겼다. 그래서 쥬고에게 물어본 것인데,

"그게 말이야~…"

당사자 쥬고 역시 곤혹스러운 표정이었다.

"…모르겠어. 전혀."

쥬고는 자못 '곤란하다'는 투로 말했다.

뜸들인 것치고는 그다지 의외의 대답이 아니어서 로한은 내심 실망했지만, 딱히 태도로 드러내지는 않았다.

"그럴 테지. 내가 모르는 걸 자네가 알 리 있나 싶기는 했어."

"뭐, 말 그대로야. 전혀 모르겠어. 이 단어만 의미가 적혀 있지 않고, 쓰면 안 되는 이유도 공란이야."

"그나저나 진짜 생소한 소리인걸… 담당한테 물어보긴 했고?"

"그야 물어봤지. 하지만 〈쓰면 안 된다〉고만 하는 거야. 의

미를 모르겠다니까… 사전에도 실려 있지 않고, 인터넷에 찾아봐도 뭐가 안 나와."

"속수무책이잖아."

"그렇다니까. …그런데 말이야, 그 성실한 담당이 또 그러는 거야. 그저 〈안 쓰면 그만〉일 뿐이니 의미는 몰라도 괜찮지 않냐고… 말이야."

"태도 진짜 별로네~!"

"그렇지이~?! 별로인 정도가 아니라 최악이야! 뭐 때문에 있는지 모를 버튼이라도 '누르지 마시오'라고 적어두면 안전하겠거니 생각하는 거지. 확실히 말이야, 그건 그래. 주의 사항만 적혀 있으면 버튼 같은 건 누르지 않아── 선량한 일반 시민이라면 말이야. 이치는 알겠어."

"하지만 마음에 안 드는군."

"말이 통하네~! 완전 스무스해! 우리 담당이랑은 딴판이야. 오랫동안 콤비로 활동해온 코미디언처럼 원하는 말을 해주는걸."

"누가 코미디언이라고?"

"그래, 하지만 로한 선생 말대로 마음에 안 든단 말이야! 짜샤, 쓰면 안 되는 거라면 그 이유를 설명하라고!"

"안 쓰는 건 간단해… 하지만 〈왜〉인지 아는 것은 중요해. 〈왜〉 안 되는지, 〈왜〉 위험한지… 그걸 알고서 의식적으로 안 쓰는 것과, 그냥 안 쓰는 것은 작품의 〈깊이〉가 전혀 달라."

"그렇다니까, 진짜 이해가 빨라서 다행이야 로한 선생~…
〈밀랍 바른 미닫이문〉처럼 스무스해. 바로 그거야, 내가 문제
삼고 싶은 건──"

"아까부터 실례거든! 더이상의 비유는 하지도 마! 분명히
말해두지만 자네 그건 완전 소질 없어!"

밀랍 바른 미닫이문에 비유된 것은 로한이라도 역시 짜증
이 났다. 그러나 쥬고는 로한의 불평이 한도 끝도 없이 이어
지기 전에 이야기를 계속했다.

"용서하기 힘든 일이야, 이건… 만화가의 무기는 그림만이
아냐─ 말도 무기라고. 생생한 대사는 이야기에서 절대로 소
홀히 하면 안 되는 거야. 그러니까 신경쓰이는 단어를 〈몰랐
다〉고 넘어갈 수는 없어─ 〈안 쓴다는 방법을 썼다〉는 게 되
니까 말이야. 어떡해서든 알고 싶어."

"뭐… 동의해주지."

"뭐─ 그래서 말이야… 솔직히 난 키시베 로한이라면 알
고 있지 않을까 싶어서 이렇게 말을 꺼낸 거야. 거꾸로 키시
베 로한이 모르면 또다른 동업자한테 물어봤자 아마 소용없
겠지 하고 말이야."

"올바른 인식 같은걸. 하지만… 공교롭게도 나 역시 그런
엉뚱한 단어는 들어본 적 없어. 짐작 가는 것도 없고."

"…그렇지?"

쥬고는 척 봐도 실망한 기색이었다.

그렇게까지 기대가 컸던 것일까. 오버하는 것처럼 보이기까지 하는 태도였다.

"표준어가 아닌 건 확실한 것 같은데 말이야."

"틀림없어… 비슷한 어감의 단어로 추정해볼까 생각도 했었지. 〈소바가라(메밀껍질)〉라든가 〈쿠샤미(재채기)〉라든가, 뭐 그런 게 변형된 건지도 모른다고. 하지만 그럼 또 금지 용어가 될 이유가 없잖아—"

"자주 쓰는 말이 변형된 거면 애당초 금지될 리가 없을 테니까."

"맞아. 쓰면 안 된다, 그럼 중요한 건 〈의미〉지."

"일본어가 아닐 가능성도 생각해봤지만 그럼 아마 알파벳으로 표기하겠지. 역시 방언이 아닐까."

"역시 그런 건가… 방언사전 같은 걸 찾아보는 게 좋을지도 모르겠군. …〈쿠샤가라〉… 〈쿠샤가라〉… 〈쿠샤가라〉… 반복해보니까 무슨 의성어 같기도 하고. 뭐랄까— 뭔가 꽉 쥐어 으스러뜨리는, 그런 소리랄까—?"

"아니면 단적으로 차별 용어일지도 모르겠군. 그러면 납득이 가. 금지 용어 중에서도 가장 배려가 필요한 부분이니까."

"그럴 가능성도 있어. 하지만 그럼 또 의미가 궁금해진다

니까~ 배려하는 상대가 누구인지, 그것조차 모른다는 건 영
납득이 안 된단 말이야~"

"결국 담당한테 물어보면 되는 것 아냐?"

"그게 통 안 돼, 그 담당이랑."

"…뭐라고?"

여기서 로한은 처음으로 분명한 위화감을 느꼈다.

"아니, 전화는 받거든? 하지만 이 단어에 관해 물어보려고
해도 얘기가 진전이 안 돼… 출판사에 직접 가보면 매번 없
고ㅡ 요 근래는 얼굴 보고 미팅을 한 적도 없다니까ㅡ 이러
니저러니 하는 동안 마감이 다가와서 나도 거기에만 매달려
있을 수 없기도 했고…"

"잠깐, 그건 너무 이상하잖아? 나 같으면 편집부에 담당을
교체해달라고 한마디했을걸."

"나라고 왜 그런 생각이 안 들겠냐고~… 하지만 난 담당
편집자한테 화를 내고 싶지 않아ㅡ 뭐랄까, 책이란 게 나 혼
자만의 힘으로 나오는 건 아니잖아? 그 왜, 편집이라든가 유
통이라든가, 각자의 역할이 있는 거잖아ㅡ 그래서 되도록 불
평하지 않으려 하거든, 난."

"사람이 좋은 것도 정도가 있지, 바보도 아니고."

로한은 코웃음쳤지만, 쥬고는 웃지 않았다.

"아무튼 말이야, 신경쓰여. 〈쿠샤가라〉라는 말이… 딱히

담당이 아니라도 괜찮아. 누군가가 알려주기만 하면 그걸로 족해."

하소연하는 건가, 라고 로한은 생각했다.

아니, 실제로 하소연이 맞을 것이다. 쥬고는 명백히 곤경에 처해 있다. 로한이 알기로 이 남자는 이 정도로 징징거릴 만한 위인은 아니었다.

"…있잖아, 로한 선생. 평생의 소원이야… 만약 〈쿠샤가라〉라는 말에 관해 뭔가 알게 되면 알려주지 않겠어? 진짜 뭐든지 괜찮아… 평생의 소원이라는 게 정말로 평생 한 번밖에 쓸 수 없는 거라면 난 망설이지 않고 지금 이 자리에서 쓰겠어."

"꽤나 값싼 〈평생〉이군."

로한은 또다시 웃었지만, 쥬고는 웃지 않았다.

아무래도 쥬고는 로한의 생각 이상으로 진지한 것 같았다. 상대의 사정이 얼마나 심각한지, 그런 것은 그다지 신경쓰지 않는 로한이지만… 역시 쥬고의 상태가 평소와 워낙 다르다 보니 신경이 쓰이지 않는다고 하면 거짓말일 것이다.

"…알았어, 알았어. 조사해보고 뭔가 알게 되면 연락 정도는 해주지… 하지만 너무 기대하면 곤란해. 애당초 나랑은 상관없는 일이니까."

"응… 고마워. 그거면 돼… 진짜 고마워."

그러더니 쥬고는 어느새 텅 빈 유리잔을 내려놓고 마침내 자리에서 일어났다. 오는 것도 가는 것도 제멋대로군, 이라고 로한은 생각했다.

"마음이 확~ 편해졌는걸. 역시 누군가에게 얘기한다는 건 중요하다니까~"

"얘기를 듣는 사람의 입장을 생각하는 것도 중요하지 않을까."

"에이 그런 말 마, 로한 선생은 상담사 체질이라니까. 아니, 진짜로. 난 적어도 그렇게 생각해!"

"그렇게 생각 마! 그리고 앞으로 두 번 다시 나한테 기대지 마!"

"헤헤헤… 아니, 진짜 고마워. 그럼 난 이만."

그러더니 쥬고는 흐느적흐느적 어깨를 흔들며 독특한 발걸음으로 돌아가는 것이었다.

저런 발걸음을 보면 정말 양아치로밖에 보이지 않는데… 저렇게 거친 태도로 어떻게 만화 같은 섬세한 작업을 할 수 있는 걸까? 하고 로한은 생각하지 않을 수 없었지만… 말의 의미 같은 것을 골똘히 생각하는 그 섬세함이 밸런스를 유지하고 있는 것인지도 모를 일이었다.

그런 생각을 하는 와중에… 로한의 사고는 조금씩 그 〈쿠샤가라〉라는 단어로 옮겨가기 시작했다.

"…〈쿠샤가라〉…〈쿠샤가라〉라. 영 기묘한 어감이로군… 신경쓰이는 건 분명하지만, 그렇게 필사적으로 굴 것까진 없지 않나 싶은데. 뭐, 시간 나면 조사해보고 의미를 알게 되면 알려줘서 우월감에 젖는 것도 나쁘지 않으려나… 은혜를 베풀면 더이상 귀찮게 굴지 말라고 한마디할 수 있을지도 모르고…"

그러면서 로한은 대화로 마른 목을 축이기 위해 얼그레이가 든 찻잔을 들어 입으로 가져갔다.

"웃!"

입술에 닿은 것은 불쾌감을 동반한 〈미지근함〉.

도자기 찻잔은 긴 대화를 나누는 동안 홍차의 온도를 유지해주지 못했다… 향긋한 풍미가 감돌던 얼그레이는 이미 다 식어 있었다.

"…망할 자식."

식어버린 얼그레이를 단숨에 비운 뒤 로한은 성난 발걸음으로 귀로에 올랐다.

쥬고는 짜증이 나 있었다.

비유하자면 〈'건강을 위해서'라는 가벼운 마음으로 시작한 금연 닷새째 아침〉 같은 짜증이 나 있었다.

아니, 비유는 그렇게 했지만 쥬고는 금연에 성공한 몸이었다(담배를 피운 경험과 금연의 고통이라는 경험을 둘 다 얻을 수 있었던 것은, 그 고통 이상으로 만화가로서의 만족감이 크기 때문이다). 마찬가지로 식욕이나 수면욕 같은 것도 참을 수 있었다. 성욕 같은 것은 식은 죽 먹기였다.

그러나 〈지식욕〉만은 참을 수 없었다.

만화가나 창작자의 정신이라는 것은 육체에서 떨어진 위치에 존재하기 때문에 약간의 고통이나 괴로움, 육체적 갈증에는 강하다.

그렇기에 정신적 갈증은 더욱 괴롭다.

지식욕이 충족되지 않는다는 것.

그것은 사막 한복판을 소금에 절여 말린 고기와 바닷물이 든 수통을 들고 걷는 것보다 훨씬 더! 말도 안 되게 괴로운 것이다!

그뒤로도 쥬고는 온 집안의 사전을 뒤져보고, 도서관에도 가보고, 또 슈에이샤 편집부도 찾아가봤지만 여전히 〈쿠샤가라〉의 의미는 알 수 없었다.

편집부에 너무 자주 드나들다보니 다들 귀찮아하기 시작하는 것도 마음에 들지 않았다. "그보다 원고는 잘 진행하고 계십니까?"라고 말을 거는 편집자도 있었다…

마감을 지키지 못한 적이 한 번도 없는 쥬고에게 굴욕도 그런 굴욕이 없었기 때문에, 차츰 편집부에 찾아가지 않게 되었다…

그다음으로 키시베 로한과 시시 쥬고가 마주친 것은 거의 한 달 뒤, 동네 헌책방에서였다.

로한이 그 책방을 방문한 것은 처음이었다.

책은 되도록 상태 좋은 것으로 손에 넣고 싶다. 신품이 제일이지만, 중고를 산다면 수집가를 위한 경매 사이트나 하다 못해 대형 중고 체인에서 비닐로 포장된 물건으로 사면 훨씬 상태 좋은 것을 손에 넣을 수 있다.

때문에 들어가본 적 없는 개인이 운영하는 헌책방을 방문한 것은 딱히(뭐, 뜻밖에 보물을 발굴할 수도 있으니 기대가 완전히 제로였던 것은 아니지만) 책을 사기 위해서가 아니었다. 〈낡아 빠진 헌책방의 분위기〉를 한번 맛볼까 했던 것뿐이다.

그러나, 이와 같은 변덕에 몸을 맡길 때 키시베 로한이 조우하는 것은 대체로… 그렇다, 집요하게 가위바위보로 승부를 하자고 조르는 꼬맹이가 시비를 걸어오는 것과 같은 예상 밖의 전개이다.

이번엔 그것이 쥬고였다.

이전과는 다른 쥬고였다.

"아니 그러니까 말이야~… 다른 사전은 없냐고! 백과사전 같은 게 아니라. 좀더 뭐냐, 방언이나 고어古語, 뭐 그런 방면으로 자세한 책은 없냔 말이야—"

"아니 그러니까 손님…"

척 봐도 '부모에게 물려받은 가게를 반쯤 취미로 운영하고 있습니다'라는 느낌의 풍채 좋은 가게 주인을 붙들고 쥬고가 실랑이를 벌이고 있었다.

그렇잖아도 양아치 같은 외모이기는 했지만, 이렇게 객관적으로 보니 완전히 양아치 그 자체였다. 하지만 진짜로 남을 붙들고 저렇게 양아치처럼 실랑이를 벌이는 위인은 아니었을 터… 아무리 인상이 나쁘다고 해도 기본적으로 호탕한 인격이었을 터인데. 때문에 그 모습에서 위화감이 느껴졌다.

원래부터 나쁜 인상이 더 나쁘게 보이는 것은 볼이 쑥 들어가 초췌해진 얼굴 때문인가?

지난번 로한과 대화한 지 한 달도 지나지 않았는데 어째서 이렇게 인상이 변했단 말인가…?

여러 가지 의문이 로한의 시선을 잡아끌었다. 그러나 쥬고는 그런 시선도 알아차리지 못하고 초췌하기 짝이 없는 모습으로, 곤혹스러워하는 가게 주인을 붙들고 계속해서 실랑이를 벌이는 것이었다.

"부탁해~… 있으면 갖다줘. 가게에 진열 안 한 재고 같은 것도 있잖아? 뭐든지 괜찮아… 이렇게 부탁하잖아~!"

"되게 끈질기네, 당신! 아니 그러니까 없다잖아!"

"젠자─앙! 그, 그럼 말이야, 당신은 혹시 알아?"

"뭐, 뭔 소리야!"

"〈쿠샤가라〉에 관해 아는 거 없냐고 이 멍청아─! 뭐든지 괜찮아, 언뜻 들은 거라도 괜찮다고! 소문을 들었다든가, 근처 아이들한테서 들었다든가, 그런 건 없냐고! 있지? 있다고 말해~! 이걸 그냥, 말 안 하면 그 아무 짝에도 쓸모없는 모가지를 꺾어버리는 수가 있어!"

"히익! 윽, 으, 으윽…"

아무리 봐도 심상치 않은 분위기였다.

가게 주인의 멱살을 움켜쥔 채 초점이 맞지 않는 눈으로 윽박지르는 쥬고. 그것이 평범한 대화가 아니라는 건 분명했다.

로한도 얽히고 싶지 않다고 생각했지만, 결코 모르는 사이가 아닌 사람이 까딱 잘못하면 상대를 해칠지 모르는 힘으로 멱살을 잡고 있는 것은… 못 본 척하고 넘어갈 수 있는 범주가 아니었다.

로한은 손에 들고 있던 『우키요에 체계·에도 명소 백경百
景』을 책장에 다시 꽂은 뒤, 그 손으로 쥬고의 어깨를 쥐고서
가게 주인에게서 그를 떼어냈다.

"우오오오오오──옷! 이 자식, 뭐하자는…! 키, 키시베 로
한…"

"그래, 맞아. 날 알아볼 정신은 남았나보군."

그렇다기보다 쥬고는 로한의 얼굴을 보고서야 다소 정신
이 돌아온 것처럼 보이기도 했다.

"실례가 많았습니다."

낡은 책 내음 속에 조금 더 둘러싸여 있고 싶었지만, 곤혹
스러워하며 옷깃을 여미는 가게 주인의 시선이 거북하여 로
한은 책도 사지 않고 쥬고를 잡아끌고 가게를 나왔다.

바람이 잘 통하지 않는 점내에 있다가 햇빛이 내리쬐는 거
리로 나오자 온몸이 빛에 그을리는 것처럼 느껴졌다.

그 햇빛이 쥬고를 마른 깃털 이불처럼 정화해줄 것을 로한
은 약간 기대했다.

"하여간, 뭐하는 거야… 덕분에 책을 다 못 읽었잖아. 『카
메이도 우메야시키』를 아직 못 봤단 말이야…"

"아… 으응, 미, 미안…"

실제로 쥬고는 다소 진정한 것 같았다.

악몽에서 깨어난 듯한 얼굴이었다. 그러나 꿈의 내용을 잊을 수 없다는 얼굴이었다.

혈색이 나쁜 피부에는 땀이 배어 있었고, 눈 밑에는 다크서클이 있었다. 머리카락은 기름졌고, 제대로 세팅도 되지 않은 것처럼 보였다.

만화가라는 생각이 들지 않을 정도로 자신을 꾸미고 귀찮을 정도로 사교성이 넘쳐나던 남자가, 지금은 낙오자처럼 초라했다.

겨우 한 달 만에 이 정도로 인상이 변했단 말인가…

로한은 인간의 얼굴이 성형 수술 같은 것보다 (그것이 스탠드 능력을 이용한 것이면 이야기가 달라질 테지만, 그런 것은 일단 제쳐두고) 정신 상태에 따라 변한다고 생각한다.

그렇다면 쥬고의 정신은 적잖이 마모된 것이 틀림없다.

그리고 그 원인은 명백하다.

"…자네, 그뒤로도 쭉 조사한 건가? 〈쿠샤가라〉인지 뭔지를…"

"으, 으, 응… 맞아. 그래 맞아. 나, 너무너무 신경이 쓰여서 말이야——"

"하지만 그 꼴을 봐선 아직 알아내지 못한 것 같군."

"…평생 그렇게 읽어본 적이 없을 정도로 사전을 읽었어. 소설, 도감, 그림책까지 다 읽었고. 경찰에도 물어보러 갔어.

하지만 역시 안 나와… 〈답〉을 어디에서도 찾을 수 없어…"

"나도 신경이 쓰여서 좀 조사해봤는데…"

"나왔나?!"

"진정해!"

쥬고가 당장이라도 물어뜯을 것처럼 굴자 로한은 당황했다.

그를 멈출 수 있었던 것조차 운이 좋았을 뿐인 것 같다. 〈쿠샤가라〉라는 말을 들은 쥬고의 눈은 광견병에 걸린 개의 모습 같았다.

"나도 찾아봤어. 찾아는 봤는데… 안 나오더군. 아무것도. 서적, 방송 작품 등을 불문하고 그런 단어는 찾아볼 수 없었어."

"그, 그렇지…? 젠장… 누가 〈금지 용어〉 아니랄까봐. 망할. 역시 쓰면 안 되는 단어는 함부로 안 쓴단 말이지… 책방 같은 델 조사해봤자 나올 리가 있나… 나도 알고는 있어, 알고는…"

"아무리 오래된 문헌을 조사해봐도 소용없었어. 〈금지〉됐기 때문에 쓸 수 없는 거라면 이 단어는 상당히 뿌리 깊은 이유로 그렇게 된 거겠지."

"그럼 속수무책이냐고! 망할! 납득이 안 돼ㅡ! 포기 못해~! 오히려 그렇게 엄중히 금지됐다면 그만한 〈이유〉가 세트로 딸려 있을 거야! 아아, 그래. 단어 자체는 그렇다 쳐도, 왜 〈쿠샤가라〉가 금지된 것인지! 그게 알고 싶은 것뿐인데!"

"…이봐, 지금부터 내가 나답지 않은 말을 할 거야."

로한이 그렇게 운을 떼었다.

쥬고의 눈앞에 검지를 세운 뒤 호흡을 가다듬었다. 그것은 마치 맹수를 달래는 듯한 행동이었다. 그리고 실제로 그리 다를 바 없었다.

"…더이상 '신경쓰지 않는 건' 어떨까?"

"뭐? …난 말이야, 귀가 제법 밝거든. 메탈 같은 걸 볼륨 빵빵하게 틀어놓고 들을 때도 동전이 떨어지는 소리 하나 놓치지 않아… 그런데, 내가 잘못 들었나~… 방금 '신경쓰지 않는다'고 한 건가? 설마 그랬을까 싶지만…"

"그뒤로 벌써 한 달. 한 달이야. 지나치게 휘둘리고 있다고. 신작 기획이 시작됐다면 다른 데 낭비할 만한 시간이 없을 텐데."

자신이 한 말이지만 정말로 '답지 않다'고 로한은 생각했다.

자신이 쥬고였다면 기를 쓰고 조사를 계속했을 것이 불보듯 훤했다.

실제로 얼핏 이야기를 들은 것만 가지고도 적잖이 조사를 해버렸다. 자기 일이 따로 없었다면… 일은 확실하게, 마감

전에 해치우고 독자에게 전달한다는 프라이드가 없었다면 더욱 몰두했을 수도 있다.

당사자가 아니기 때문에 더욱 객관적인 시선으로 볼 수 있었던 것이다.

그렇게라도 말해주지 않으면 쥬고는 더욱, 뭐랄까 심연으로 빠져들고 말 것임을…

그러나,

"당연히 무리지 이 ×××× 자식아———!"

쥬고가 말했다.

맹렬히 그렇게 말했다. …뭐라고 말했는지는, 너무나도 저질스러운 말이라 도저히 그대로 서술할 수 없지만 아무튼 저질스러운 말이었다.

때문에 로한은 순간적으로 발끈해 자신도 모르게 쥬고를 갈겨버렸다.

"우보게에———엑!"

장사 밑천인 〈오른손〉을 쓰지 않을 정도의 이성은 로한에게도 남아 있었지만, 쥬고는 몹시 시원한 소리를 내면서 길가에 나뒹굴었다.

"…친절히 '진정해'라고 말해줬거든, 난. 자네가 성질내며 남한테 화풀이를 하는 건 뭐, 내 알 바 아냐… 하지만 그 상대가 누구냐에 따라서는 뺨으로 길바닥에 착지하는 수도 있어. 내 손에 G펜이 없었던 게 다행이었군. 그랬더라면 손가락을 베었을지도 모르니까."

"으, 으으… 미, 미안, 해…"

"방금 그건 〈어쩌다보니〉 그런 걸로 치고 용서해주지. 하지만 나 키시베 로한을 이 이상 만만히 보고 시비 걸면 난 그 길로 자네 같은 건 신경 끊을 테니까 그런 줄 알라고."

"미, 미안해. 진짜 제정신이 아니었어… 아니 머릿속이 〈쿠샤가라〉로 꽉 차버려서… 제정신이 아니게 돼버려…"

관자놀이를 누르면서 일어나려던 쥬고의 발걸음이 뚜렷하게 휘청거렸다.

딱히 그렇게까지 세게 때리려던 것은 아니었기 때문에 로한은 의아했다.

쥬고의 상태는 역시 몸도 마음도 명백하게 이상하다.

도저히 '하나에 몰두한 나머지 주변이 보이지 않는다' 정도로 넘어갈 수 있는 상태가 아니다. 무슨 위험한 약이라도 한 것은 아닐까…? 로한이 그렇게 의심하기 시작한 것도 무리가 아니었다.

그런 로한의 생각을 아는지 모르는지 쥬고는 비틀비틀 일어나서 머리를 부여잡은 채 뭐라고 중얼중얼 혼잣말을 하기 시작했다.

"아아… 젠장, 난 〈쿠샤가라〉가 신경쓰이는 것뿐이라고.

옛날부터 말이야— 부모님은 칭찬해주셨어. '넌 한번 신경이 쓰이면 뭐든지 알아내려고 하는구나. 어릴 때 그렇게 사전을 많이 읽으니 나중에 크면 분명 도움이 될 거다'라고 말이야… 그런데 오히려 이 모양 이 꼴이라니까."

"내가 알 게 뭐야."

"…젠장, 젠장, 〈쿠샤가라〉… 〈쿠샤가라〉…"

무언가에 씌기라도 한 것처럼 쥬고는 반복해서 뇌까리고 또 뇌까렸다.

그것은 꼭 주문 같았다.

그것은 꼭 발작 같기도 했다.

"〈쿠샤가라〉야! 그것뿐이야! 〈쿠샤가라〉가 뭔지만 알아낼 수 있으면 지금 난 다른 건 아무것도 필요 없어———! 〈금괴〉도, 〈1억 엔짜리 수표〉도 눈에 안 들어와!"

"이제 그만 돌아가서 소재라도 구상하지 그래? 자네도 할 일이 있을 것 아냐."

"안 돼… 한번 〈쿠샤가라〉가 신경쓰인 이상 아무것도 '쿠샤가라' 손에 안 잡힌단 말, 이야…"

"…응?"

위화감.

그것은 명백한 위화감이었다. 로한으로서는 잘못 들었나 싶을 정도로 걸리는 부분이었지만… 쥬고는 신경쓰는 기색도 없었다.

"뭐."

"아니… 방금, 뭐랄까… 이상하지 않았어? 용법이랄까… 〈타이밍〉 같은 게."

"타이미이잉~~~? 무슨 뚱딴지같은 '쿠샤가라' 소리야. 난 〈쿠샤가라〉에 관해 진지하게 고민하고 있는데."

"잠깐! 또 그랬어! 방금 전부터 뭔가 이상하다고?!"

"뭐가 어째 이 자식ㅡ! 내가 〈이상한〉 녀석이라는 거냐! '쿠샤가라' 분명히 말해두지만 말이야ㅡ 갑자기 '쿠샤가라' 발끈하는 건 너만의 '쿠샤가라' 특권이 아니거든!"

"그런 문제가 아냐!"

이상했다. 명백하게 이상했다.

그것은 마치 재채기라든가 딸꾹질처럼 쥬고가 말을 할 때마다 끼어드는 것처럼 부자연스러운 타이밍으로 튀어나왔다.

─발작.

그렇다, 그것은 발작이었다. 발작은 병에 걸렸을 때 몸에서 일어나는 현상이다.

로한은 그 순간 확실히 쥬고가 '병에 걸렸다'고 인식했다. 그리고 쥬고에게는 전혀라고 해도 과언이 아닐 정도로 그에 관한 자각이 존재하지 않는 모양이었다.

쥬고는 열이 나서 제정신이 아닌 것만 같은 상태였다. 나오는 기침을 막을 수 없는 것처럼 그의 흥미와 열정은 여전히 계속 흘러나오고 있었다.

병은 마음에서 온다. 그런 말도 있다.

그러나 알아차리지 못한 채 진행되는 병이 더 많은 법이다.

쥬고는 알아차리지 못했다.

자라고 있던 〈병〉을 알아차리지 못했다…

그처럼 병이라는 것은 의외로 남의 눈에 더 잘 보이기 마련이다. 안색이라든가 발진 같은 외적인 변화는 남의 눈에 더 확실히 잘 보인다.

때문에 먼저 알아차린 것은 로한 쪽이었다.

"…응?"

"〈쿠샤가라〉에 관해 '쿠샤가라' 잊으려고 해도, 잠도 '쿠샤가라' 못 자고 쭉 〈쿠샤가라〉에 관해서만 생각하게 돼… 젠장, 첫사랑 때문에 고민하는 중학생도 '쿠샤가라' 아니고 말이야~~~"

"……"

"왜 '쿠샤가라' 그래? 갑자기 찍 소리도 '쿠샤가라' 안 하고 말이야~"

"…이봐."

"너도 날 '쿠샤가라' 바보 취급하는 거냐~! '쿠샤가라' 날

너무 '쿠샤가라' 만만히 보면 콱 두들겨 '쿠샤가라' 패주는 수
가 있어!"

"아니… 잠깐, 뭐야? 그… 〈입안에〉…"

"…엉?"

쥬고는 당혹감을 느꼈다.

위협해본 것은 사실이지만, 그렇다고 해도 로한이 예상 이
상으로 주춤하고 있었기 때문이다. 겁먹었다고 해도 과언이
아닌 표정이었다.

콧대 높고 자신만만한 키시베 로한이 좀처럼 보여줄 것 같
지 않은 표정이었다.

그리고 그 시선은 명백히 쥬고 쪽을 향하고 있었다.

"…뭐냐고? 묻고 있잖아. 그, 입… 아니 〈목〉인가? …뭐가,
나와 있는 거야? 그거…"

"…………'쿠샤가라'…………?"

쥬고의 눈에 보이지 않는 것도 무리가 아니다.

그러나 로한에게는 확실히 보였다.

이제는 알 수 있었다. 그 '쿠샤가라'라는 단어를 말하고 있
는 것이 누구인지. 로한에게는 보이고 말았다.

쥬고의 목안에서 〈기묘한 무언가〉가 얼굴을 내밀고 있
었다.

"쿠샤가라."

"──윽!"

〈이 녀석〉이다.

쥬고가 아니다. 〈이 녀석〉이 말하고 있다. 인간이 아닌 무언가. 본능적으로 혐오감마저 느끼게 하는 기묘한 무언가. 목 안에서 기어나오려 하고 있다.

그것을 인식한 순간, 로한은 외쳤다.

"〈헤븐즈 도어〉!"

허공에 모습을 드러낸, 모자를 쓴 소년의 〈이미지〉.

한순간 섬광에 휩싸인 것처럼 쥬고는 의식을 잃었다.

성장한 로한의 〈헤븐즈 도어〉… 이제는 문답무용으로 때려박을 수 있는 무적의 능력이기는 하지만, 〈파장〉이 맞으면 역시 더할 나위가 없다. 그런 점에서 같은 만화가인 쥬고에게는 효과 만점이었다.

눈 깜짝할 사이에 쥬고는 〈책〉이 되어 그 자리에 무너져 내렸다.

의식을 유지하지 못했다… 그것만 봐도 쥬고 본인은 아무런 특이 사항 없는 평범한 인간임을 로한은 재확인했다.

그리고 동시에, 의식을 잃는 순간 입은 닫혔고, 목안에 있던 무언가도 모습을 감추었다.

솔직히 말해서, 가슴을 쓸어내렸다.

"모르긴 몰라도… 아마 〈위험한 순간〉이었어. 순간적으로 〈헤븐즈 도어〉를 쓴 게 잘한 일이면 좋겠군."

〈책〉이 된 쥬고의 곁으로 다가가 로한은 그 페이지를 넘겼다.

대체 그 기묘한 생물은 무엇이었던 것일까.

막상 쥬고 본인은 그것을 자각하지 못한 듯 보였지만… 상대를 〈책〉으로 만들어 읽을 수 있는 로한의 〈헤븐즈 도어〉라면 그 답을 읽어낼 수 있을지도 모른다.

그런 기대와 바람이 있었다.

"…시시 쥬고. 본명, 니시 케이타로… 평범하네. 아버지가 만화 애호가. 고등학생 때 투고한 작품이 상 받은 것을 계기로 데뷔… 그때부터 사귀던 애인과는 2년 전에 헤어졌지만, 올해 초 결혼식에 초대받아 참석했다… 아니, 지금 내 관심사는 그런 게 아냐…"

인간을 책으로 만들어 그 인생을 읽는다.

그 행위는 언제나, 단순한 소설이나 전기를 읽는 것 이상으로 선명하고 강렬하게 호기심을 자극한다. 〈헤븐즈 도어〉에 의한 열람은 이 세상에서 가장 강력한 〈훔쳐보기〉이다.

그 인생, 경험, 콤플렉스… 그것이 황홀한 체험이든, 구역질나는 과거든, 그 어느 쪽인지를 불문하고 드러낸다.

〈헤븐즈 도어〉로 읽지 못하는 것은 없다.

자신의 오래된 기억과, 운명 외에는.

…그래야, 하는데.

"…뭐야? 이건…"

쥬고의 〈페이지〉를 넘기던 로한의 시야에 들어온 것은…
그동안 읽어온 어떤 사람의 사례에서도 찾아볼 수 없던, 기
묘한 것이었다.

"…〈봉철縫綴〉…이라고?"

그랬다 ——

수십 페이지를 넘긴 끝에 갑자기 나타난 그 부자연스런
부분.

페이지와 페이지의 가장자리가 붙어서 그 안쪽이 보이지
않게 되어 있는… 주간지 등에서 볼 수 있는 제본 방식. 〈봉
철〉이 그곳에 존재하고 있었다.

"…뭐지? 이건… 〈헤븐즈 도어〉가 읽을 수 없는 범위가 존
재한다…는 건가? …확실히 〈헤븐즈 도어〉가 만들어낸 〈책〉
에는 드물게 상대의 상태에 따라 묘한 일이 일어나곤 하지.
그래도 이런 케이스는 처음이야…"

봉철의 바깥쪽에는 빽빽하게 무늬 같은 것이 그려져 있
었다.

두서없이 휘갈기듯 그려진 그 무늬는 보고 있으면 본능적
으로 〈위험〉을 느끼게 하는 힘이 있었다… 자세히 들여다보

니, 그 이유를 알 수 있었다.

그것은 무늬가 아니었다!

페이지가 새카매질 정도로 무수히 찍혀 있는 작은 손도장!

"…이거 이거, 진짜 위험하게 됐어. 더이상 단순한 〈말〉이아냐! 이 녀석은 〈헤븐즈 도어〉에도 대항할 수 있는 힘을 가지고 있어!"

과연 이 〈봉철〉을 어떻게 해야 할 것인가.

페이지를 뜯어내면 로한은 상대의 기억을 빼앗을 수 있다. 하지만 과연 '그걸로 끝' 하고 사태가 해결될 것인가?

이것이 만화라면 그렇게 〈간단한 해피엔드〉로 끝날 수 있을 것인가?

그러나 눈앞의 현실은… 페이지를 넘기기를 기다리는 만화처럼 로한의 판단을 기다려주지 않았다.

"쿠샤가라."

"헉!"

또다시, 목소리가 들렸다.

그것도 〈봉철〉 속에서.

"쿠샤가라."

목소리가 들릴 때마다 봉철이 꿈틀거렸다.

잡지라면 '여기서부터 깔끔하게 뜯어주세요'라고 적혀 있을 법한 봉철 부분을 무언가가 안쪽에서 꾸물꾸물 잡아당기고 있었다.

"…이, 이 〈봉철〉 안에 뭔가 있어! 뭔가 갇혀 있어… 아니, 설마 이 녀석, 여기서 밖으로 나오려고 하는 건 아니겠지!"

로한의 질문에 '예, 맞습니다'라고 대답이라도 하는 것처럼 〈봉철〉의 끄트머리가 찌익, 소리를 내며 찢어졌다.

——위험해.

뭐가 뭔지 모르겠지만 이대로는 절대로 위험하다. 신속하게 대응해야 한다.

아마도… 이 현상은 〈쿠샤가라〉라는 말이 원인일 것이다.

쥬고에게 영향을 끼치고 있는 그 말. 과연 이것이 적절한 대처인지는 확실치 않지만… 지금은 해볼 수밖에 없다.

〈너무 늦기〉 전에.

로한은 주머니 안에서 메모용 펜을 꺼내 쥬고의 〈페이지〉 여백으로 손을 뻗었다.

"〈쿠샤가라〉라는 단어에 관한 모든 것을 잊게 한다! 그것밖에 없어!"

펜 끝이 여백을 찍어 눌렀다.

그리고 〈쿠샤가라〉라는 단어를 그곳에 적으려고 한다… 그것이 지금 이 순간 취할 수 있는 유일한 대처 방법.

그러나… 현실은 또다시 예상과 기대를 배반해나갔다.

"…뭣."

몇 번이고 몇 번이고 펜을 휘둘렀다.

그러나 〈쿠샤가라〉라는 단어를 적는 순간… 마치 잉크가 증발하듯 사라져버렸다.

아무리 몇 번을 적어도 잉크가 종이에 써지지 않았다. 오히려 으드득거리며 페이지 위를 오가기만 할 뿐, 선조차 그어지지 않는 것이었다.

"말도 안 돼! 왜 안 적히는 거지?! 산 지 얼마 안 된 펜이라고… 잉크가 다 떨어졌을 리도 없어! …설마, 설마! 〈금지〉돼 있는 건가?! 이 단어는 쓸 수 없다… 〈금지 용어〉이기 때문에 적을 수 없다는 건가?!"

이해가 갔다.

어떤 문헌에서도 이 단어를 찾아볼 수 없을 만했다.

'금지되어 있기 때문에 쓸 수 없다'. 그것은 부조리하지만… 동시에 너무나도 단순하고 강력한 이치인 것이다.

"쿠샤가라."

"큭… 녀석이 나오려고 해! 당장이라도 〈봉철〉을 찢고 밖으로 나오려 한다…! 〈기생충〉 중에는 숙주의 몸속에 있다가 성장이 끝나면 그 몸을 뜯어먹고 나오는 종류가 있다는데… 녀석도 〈그런〉 거라면!"

일각의 여유도 없다.

"쿠샤가라."

그 말이 타임 리미트를 고하듯 울려퍼졌다. 찌익, 찌익, 쥬고를 안쪽에서부터 절개하고 모습을 드러내려 하고 있었다.

"우오오오오오오오오오오오———옷!"

로한은 외쳤다.

더 이상 생각을 할 여유가 없었다. 펜을 움켜쥐고, 만화를 그릴 때의 그 초인적인 집필 속도를 풀파워로 발휘해… 쥬고에게 〈적었다〉…

"…어라아?"

눈을 떴을 때, 쥬고는 머릿속이 몹시 상쾌하게 느껴졌다.

뭐랄까… 한 달 만에 겉옷이고 속옷이고 싹 갈아입고, 따뜻한 물에 목욕도 하고, 수염도 깎고, 새 이불 속에서 푹 자고 일어난 것 같은… 그런 기분이었다.

"…아니 나, 여기서 뭘 하고 있었지?"

"……"

"오, 로한 선생 아냐? 이런 우연이 있나~! 아니, 우연이라고 해도 내가 왜 여기 있는지 모르겠지만 말이야. 뭐, 왠지 몰라도 만난 걸 보면 한층 더 이런 우연이 있나 싶지만서도.
안 그래?"

"…그런 걸로 해둘까."

"아앙?"

쥬고는 뭐가 뭔지 알 수 없었다.

생각해보려고 해도 생각할 재료가 모자란 것 같은 기분이
들었다. 하지만 키시베 로한이 웬일로 얌전한데다 점심이 막
지난 한낮의 태양 아래는 기분이 좋아서, 아무렴 어떠랴 싶
었다.

"뭐, 잘은 모르겠지만, 난 가봐야겠어. 왠지 지금 머리가 엄
청 상쾌한 게 말이야— 사우나에 가서 묵은 땀을 쫙 뺀 듯
한 느낌이야. 꽤 괜찮은 신작 소재가 생각날 것 같은 기분이
들어."

"…아아, 그래. 잘해보라고."

"'잘해보라고'? 방금 '잘해보라고' 한 건가? 우와아— 별일
이 다 있네! 키시베 로한 선생이 응원을 해줬다고 하면 업계
사람들이 깜짝 놀랄걸~! 말해도 될까? 이거 사람들한테 자
랑해도 되는 부분?"

"…뭐, 좋을 대로 해."

쥬고는 더욱더 고개를 갸웃거렸다.

이렇게 얌전한… 아니 원래 딱히 소란스러운 위인은 아닌

것 같지만, 아무튼 이런 로한을 보는 것은 처음이었다.

시시 쥬고는 키시베 로한이라는 인간이, 그리고 그의 만화가 좋았다.

성격이 꼬인 인간이지만 만화가로서는 존경스럽기만 했다. 산뜻한 얼굴로 집필을 하는 주제에, 그의 만화는 어느 하나 할 것 없이 끝내주는 생동감과 에너지가 흘러넘쳐 언제 읽어도 탄성을 지르게 했다.

쥬고는 로한에게 〈동업자〉라는 말을 쓰고 싶었다.

그와 같은 일을 하고 있다. 그렇게 생각하면 〈긍지 높은 기분〉이 들기 때문이다.

그런 만큼 그는 로한이 매정하게 굴어도(솔직히 남을 대하는 로한의 태도는 좀 그렇지 않나 생각했지만) 같은 만화가의 관점에서 이야기를 할 수 있는 것만으로도 만족스러웠다.

그런데 지금의 로한은 묘하게 태도가 부드럽다.

그 사실이 쥬고의 〈상쾌함 플러스 뭐랄까, 의욕이 충만한 기분〉을 더욱 북돋워줬다. 지금이라면 분명 근사한 만화를 그릴 수 있을 것이다.

"헤헤… 그럼 또 보자고, 로한 선생. 이러니저러니 해도 다음에 얼굴을 볼 수 있는 건 슈에이샤 파티일지도 모르지만…"

"그래… 내가 참석한다면 말이야."

"그런 점은 평소대로인걸."

쥬고는 웃었고, 로한은 웃지 않았다. 그렇게 두 사람은 헤어졌다.

살짝 기울기 시작한 태양이 로한의 표정에 그림자를 드리우고 있었다.

그뒤 쥬고는 놀라운 시간을 보냈다.

뭐랄까 지금까진 없었던, 〈자신이 알고 있던 기존의 일상〉을 능가하는 경험을 얻은 것처럼 가공의 이야기에 굉장한 〈기백〉을 담아낼 수 있었다.

만화가로서의 자신에게 아직도 이렇게나 성장의 여지가 있었다니!

그런 근사한 기분으로 여러 편의 콘티를 완성해 즉시 편집부에 전화를 하려던 찰나,

"맞다, 담당이 바뀌었지."

문득 기억이 떠올랐다.

그러나 담당의 명함이나 연락처를 어째서인지 영 찾을 수 없어 편집부에 문의했다가 실컷 잔소리를 들었다.

"아이 진짜, 쥬고 선생님! 예전 담당이랑 사이가 좋으셨던 건 저희도 자~알 알죠! 하지만 아무리 그래도 새 담당한테 바람만 맞히고 한 달이나 미팅 한번 안 하시다가 편집부 쪽으로 전화를 주시면 어떡하나요~! 그 친구는 아직 경험이 별로 없다보니 그렇게 하시면 노이로제 걸린다고요~!"

"엥? 어이 어이 어이 어이 어이, 그게 무슨 말이야. 무슨 소린지 전혀 모르겠는데!"

"시치미 떼신다. 첫 인사를 나눈 뒤로 선생님이 계속 만나주질 않으시니까… 그런데 자꾸만 뭐라고 웅얼웅얼 알아들을 수 없는 전화만 주시고… '뭔가에 관해 묻고 싶다'고 하시던데요, 그 〈뭔가〉가 뭔지 매번 안 들려서 저희도 곤란했던 거, 잊어버리신 건 아니겠죠? 그보다 한 달이나 뭐하고 계셨던 겁니까? 〈신작〉 준비는 되신 거겠죠…? 슬슬 진짜 위험한데요."

"으, 으응. 그야 뭐, 물론. 두말하면 잔소리지!"

이상하다.

〈담당〉이 교체된다, 그런 이야기는 들었다. 듣기도 했고 미팅도 하기로 했다. 그런데 그뒤 한 달이나 만나지 않았다고?

그러나 그 말을 듣고 보니 미팅 같은 걸 한 기억이 없었다. 그보다… 뭐랄까, 한 달 정도의 기억이 책에서 페이지가 떨어져나간 것처럼 흐릿했다.

'뭐, 어떻게 된 건지는 잘 모르겠지만 그 새로운 담당 편집 자한테는 미안하게 됐는걸. 신작은 분명 재밌을 테니 보여주고 싶은데, 케이크라도 사가면 용서해주려나~…' 쥬고는 생각했다.

키시베 로한은 개운치 못한 기분이었다.

쥬고를 구하려면 그 방법밖에 없었다.

그렇다고는 해도 '한 달간의 기억을 전부 잃는다'고 적었기 때문에, 그의 사생활에 적잖은 마찰이 일어날 것은 분명했다.

…뭐 솔직히 그것은 아무럼 어떠랴 싶었다. 딱히 로한이 그렇게까지 쥬고를 걱정해줄 의리는 없는데다, 이러니저러니 해도 구해준 것은 구해준 것이니까.

로한의 입장에서 신경쓰이는 것은… 결국 그런 식으로밖에 사태를 수습할 수 없었다는 점이다.

그것은 곧 쥬고를 〈책〉으로 만들면 아직도 그 〈봉철〉이 존재하고 있을 것이라는 사실이었다.

결국… 〈쿠샤가라〉에 관해서는 아무것도 알아낼 수 없

었다.

후일 편집부에 물어보니 시시 쥬고의 담당 편집자가 교체된 것은 확실했지만, 쥬고는 바람만 맞히고 한 번도 미팅에 나온 적이 없다고 했다.

그 시점에서도 의아했지만, 또 한 가지.

"출판 금지 용어 리스트를 만화가한테 나눠주고 있나?"

라고 물어보자,

"그럴 리가요~! 그런 걸 선생님들께 나눠드리진 않죠. 뭐 좀 위험한 표현이 있으면 원고를 체크하는 시점에서 살짝 고쳐주십사 하면 되는걸요. 아, 하지만 그런 걸 신경써주시면 편집자 입장에서 크게 도움이 되는 건 사실이지만 말이죠~"

라는 것이었다.

…대체 쥬고가 만났다는 〈새 담당 편집자〉는 누구였단 말인가? 금지 용어 리스트라는 것은 무엇이었단 말인가?

…진실은 어둠 속에 있었다.

그러나 한 가지 〈가설〉을 세워보는 것은 가능했다.

그 〈쿠샤가라〉라는 말… 애당초 의미 같은 건 없었던 게 아닐까.

사람의 호기심을 자극해 병원균이나 기생충처럼 〈전파〉되는 것. 그것 자체가 목적이자… 그것이 일종의 〈번식〉 아닐까.

그렇게 생각하자 로한의 등줄기에 으스스한 한기가 흘렀다.

"아아, 어서 오십시오."

그 말에 로한은 공상의 세계에서 현실로 의식을 부상시켰다.

로한은 지난번에 들렀던 헌책방에 다시 한번 발길을 옮겼다. 눈앞에는 쥬고가 붙들고 실랑이를 벌였던 가게 주인이 있었다.

"손님, 지난번 저희 가게에 오신 적 있죠? 그 왜, 어딘가 무서웠던 손님을 말려주시지 않았습니까…? 맞죠?"

"……"

"아니… 그땐 저도 놀랐지 뭡니까. 하지만 그 손님이 그렇게나 필사적으로 구시니까 저도 어쩐지 신경이 쓰여서 조사를 해봤는데요… 역시 없더라고요, 〈쿠샤가라〉란 단어는. 손님은 혹시 뭐 아시는—"

말이 채 끝나기도 전에 로한의 〈헤븐즈 도어〉가 작렬했다.

〈책〉이 되어 쓰러진 가게 주인의 페이지를 넘기자… 역시나, 생겨 있었다.

"…작고, 얇지만… 〈봉철〉이군, 이 페이지는."

로한은 가게 주인에게 며칠 동안 있었던 일을 싹 잊도록 가필하고 가게를 뒤로했다.

곰팡내 나는 책방에서 태양 아래로 나왔지만 따뜻함은 느껴지지 않았다.

…발 없는 말이 천리 간다, 라는 말이 있다.

말의 〈전파〉는 세균이나 바이러스에 비할 바가 아니다.

시시 쥬고는 과연 한 달간 얼마나 많은 곳을 조사하고 다녔을까? 그리고 얼마나 많은 사람들에게 〈쿠샤가라〉라는 말을 들려줬을까?

책이나 종이에 적히지 않는 〈쿠샤가라〉는 쥬고의 목소리를 빌려 얼마나 많은 곳으로 퍼져나갔을까…?

…애초에 〈쿠샤가라의 전파〉와 관련해서는 로한 역시 예외가 아니지 않을까? 과연 로한의 안쪽에는 〈봉철〉이 생기지 않았을까?

생겼다면 로한이 쥬고처럼 이성을 잃지 않은 것은 어째서일까?

호기심보다 일을 우선시한 〈프라이드〉가 이긴 걸까?

혹시 〈헤븐즈 도어〉를 쓸 수 있다는 사실이 영문 모를 힘에 대항해주고 있는 것일까…?

의문은 끊이지 않았다.

그러나 더이상 집착하면 위험할 것이라는 생각이 들었다.

더이상 〈호기심〉을 품어선 안 된다.

생각해보면 그것은 간단한 예방법이다. 그러나 인간으로

서 그것을 실행하기는 말처럼 쉽지 않다.

그동안 〈호기심〉에 모든 것을 내맡기고 행동했다가 뜨거운 맛을 본 경험이 로한도 전혀 없지는 않았다.

만에 하나 그런 경험을 겪지 않고서 쥬고보다 먼저 〈쿠샤가라〉와 만나기라도 했다면… 그렇게 생각하자 등줄기의 한기가 가시지 않았다.

…실은 지금까지 한 이야기 중에 한 가지 〈거짓〉이 섞여 있다.

그것은 실제 로한과 쥬고가 만난 기묘한 단어는 〈쿠샤가라〉가 아니라는 것이다.

그렇다. 그 〈위험한 단어〉는 애당초 사용이 불가능하다.

여기에 적는 것조차 할 수 없었던 것이다.

때문에 이 기묘한 사건의 기록을 읽는 것 자체는 안전하다.

단… 만약 향후 〈의미를 알 수 없는 기묘한 단어〉를 듣고 말았을 때. 그것을 조사하고 싶다는 안일한 호기심이 절로 드는 것까지는 어쩔 수 없을 것이라고 생각한다.

그러나 충분히 주의하기 바란다.

'호기심이 고양이를 죽인다'는 말이 있다.

키시베 로한 같은 정신력과 경험, 그리고 〈헤븐즈 도어〉가 있으면 맞설 수 있을지도 모른다. 허나 대부분의 인간은 기묘한 사건에 대한 면역이 없기 마련이다.

당신이 바로 그 죽은 고양이가 되지 않으리라는 보장은, 어디에도 존재하지 않는다.

Blackstar.

요시가미 료

1

키시베 로한은 카페에 있었다.

맑게 갠 하늘 아래, 오픈테라스석에는 둥근 테이블과 철제 의자, 펼쳐진 파라솔이 나란히 서서 각각의 형태를 띤 그림자를 지면에 드리우고 있었다.

테이블 위에는 온갖 색이 흘러넘치고 있었다. 하얀색 자기 재질의 작은 꽃병. 그 꽃병에 꽂혀 있는 장미의 선명한 주황색. 가시 돋힌 줄기의 촉촉한 진녹색. 검은색과 빨간색의 중간색을 띤 아이스커피는 얼음이 녹아서 그 유리잔의 표면이 반들반들 땀을 흘리고 있었다.

투명하면서 눈부신 초여름의 햇살이 두드러지는 랜드스케이프(풍경)의 아름다움.

바로 여기서 로한은 스케치북에 아무런 의미도 없는 선을 긋고 있었다.

"─그 왜, 시골 할머니 댁에서 잘 때 이불 덮고 낡은 천장의 얼룩을 빤히 쳐다보면 얼룩이 점점 사람 얼굴로 보이기 시작하고 그러잖아?"

로한은 상대의 대답을 기다리지 않았다.

휴일 오전. 늘 앉는 지정석에서 로한은 한 사람의 방문자를 마주보며 앉아 있었다.

방문자. 하얀 피부와 푸른 눈의 남자. NFL(내셔널 풋볼 리그) 프로 선수를 연상케 하는 탄탄한 체구에, 터질 것 같은 근육을 고급스러운 양복이 감싸고 있었다. 호리호리하고 단정한 라인의 옷을 선호하는 로한과는 완전히 대조적인 용모였다.

남자는 표정 한번 바꾸지 않고 로한이 긋는 무작위적인 선을 계속 쳐다보고 있었다. 대충 그어댈 뿐인 선이 실은 무언가를 그려내기라도 할 것처럼.

사실 그 선은 하나의 형태를 형성하는 중이었다.

크림색 종이에 몇 번이고 겹쳐서 긋는 옅은 파란색을 띤 잉크의 선. 완만한 호를 그리는 선이 윤곽을. 잉크가 튀어 번진 점이 눈동자를. 솟구친 선의 종점이 옅은 웃음을 짓고 있는 입을. 분명 의미가 없었을 터인 모든 선이 의미를 띠기 시작했다.

그리고 완성된 것은 한 사람의 얼굴이었다.

그것은 마치 한 장의 초상화 같았다. 로한은 사람의 얼굴을 그리려고 한 것이 아니었다. 아무 의미도 없는 선. 아무 의미도 없는 점. 그리고 그 패턴(조합).

그러나 그곳에는 분명 한 남자의 얼굴이 그려져 있었다.

로한은 펜을 내려놓고 살짝 연해진 아이스커피를 입으로 가져갔다.

"이건 인지심리학에서 하는 이야기인데, 인간은 점이나 선이 불규칙한 패턴으로 연달아 배치돼 있으면 거기에서 의미가 있는 무언가를 기어코 찾아내려는 경향성이 있다더군."

게슈탈트 심리학에서는 그것을 〈프래그난츠의 법칙〉이라고 부른다. 참고로 심령사진의 정체는 대부분 이 법칙으로 설명이 된다고 한다.

"요는, 인간은 보이지 않는 걸 보인다고 착각해버리는 동물이란 거야. 그래서 난 그림을 그릴 때 이 선에 제대로 된 의미가 있는지 늘 자문해. 우리 만화가는 무의미한 걸 그려서는 안 돼. 왜냐하면 의미 없는 것엔 리얼리티 또한 없으니까."

"과연. 무척 공부가 됩니다." 방문자는 무겁게 고개를 끄덕였다. "하지만, 언제나 그 법칙이 들어맞는 것은 아니라고 저는 생각하는데요."

"호오."

예상외의 반론에 로한은 유리잔을 내려놓고 힐끗 상대를
보았다.

로한의 눈빛은 날카롭다. 때문에 걸핏하면 그 눈빛만으로
상대가 위축되어버리는 일도 드물지 않다. 그러나 방문자는
능청스럽다고 해도 과언이 아닐 정도로 동요 없이 차분하게
대답했다.

"인간은 때때로 봐서는 안 될 것을 보고 만다. 그런 경우도
있지요."

"…당신, 오컬트 잡지 편집자였나?"

"아뇨, 앞서 설명드렸다시피 저는 에이전트(대리인)입니다.
선생님에게 일을 의뢰하고 싶어서 이렇게 찾아뵌 겁니다."

방문자는 웃음 하나 없이 대답했다.

로한은 테이블로 시선을 옮겼다. 그리고 테이블 위에 놓인
명함의 이름을 읽었다.

"에이전트 가브리엘."

"예스(예)"라고 대답하는 방문자 가브리엘. "만나뵙게 되어
영광입니다. 키시베 로한 선생님."

손끝으로 명함의 가장자리를 문질렀다. 두께 있는 종이의
감촉. 그리고 로한은 테이블을 손끝으로 툭 두드렸다. 흡사
그것이 무슨 신호라도 되는 것처럼.

"오케이. 잡담은 끝. 슬슬 일에 대해 이야기하지."

미국에 있는 어느 재단의 대리인이라는 이 남자가 로한에게 일을 의뢰한 것은 딱 일주일 전의 일이었다.

로한은 16세에 데뷔한 이래 『주간 소년 점프』를 중심으로 작품을 발표해왔다. 세계 각국에 번역된 작품도 있어서 해외로부터 의뢰받는 일도 드물지 않지만, 가브리엘의 의뢰 내용은 조금 특이했다.

"단 한 장의 초상화."

로한은 검지를 척 치켜들었다.

"그 제작을 의뢰하기 위해 바다 건너 미국에서 일부러 찾아온 근성은 인정하지. 좀처럼 없어, 그런 사람은."

"감사합니다."

"딱히 칭찬한 건 아닌데 말이야."

"죄송합니다."

가브리엘이 정중히 고개를 숙였다. 영 죽이 맞지 않는 상대였다. 의뢰 내용부터 그 행동거지에 이르기까지 아무리 생각해도 수상하지만, 위험한 느낌은 들지 않았다. 오히려 우뚝 솟은 커다란 바위 같은 이미지. 이 자리에 그가 있어 자신이 모종의 위협으로부터 보호받고 있는 것 같은 안도감마저 느껴졌다. 묘한 남자였다. 로한은 가브리엘을 그렇게 평가했다.

"사과할 것 없어. …하지만, 알고 있나? 난 만화가지 궁정 화가가 아냐. 유화도 살짝 건드려본 적만 있는 정도라고."

"그 점에 관해서는 걱정하실 것 없습니다. 제가 의뢰하고 싶은 초상화는 정확히 말하면 어느 인물의 스케치입니다."

"스케치, 라…"

로한은 수상쩍다는 눈으로 가브리엘을 보았다.

"확실히 내 스케치의 퀄리티는 피카소에 견줄 만하다고 자신하지만 말이야, 그렇다 하더라도 당신이 제시한 금액은 지나치게 파격적인 게 아닌가?"

"결코 높은 금액이 아닙니다. 원하시면 보수를 두 배로 올리셔도 상관없습니다."

"어이 어이." 로한은 손사래 치며 가브리엘의 말을 가로막았다. "난 지금 돈을 더 내놓으라는 게 아냐. 단 한 장의 스케치를 위해 50만 달러를 지불하겠다는 게 말도 안 된다는 거지. ―당신, 아무리 생각해도 수상하잖아."

"선생님의 스케치에는 틀림없이 그만한 가치가 있다는 것이 저희 재단의 판단입니다."

가브리엘의 말에는 아첨도, 그리고 가식도 없었다.

"왜냐하면 〈스파게티 맨〉의 초상화를 그릴 수 있는 사람은 세계에서 단 한 명, 선생님밖에 안 계시니까요."

그 말에 로한은 씩 하고 웃음을 지었다.

자신을 치켜세우는 말이 기뻐서는 아니었다. 그것은 로한에게 당연한 일, 사실에 지나지 않기 때문이다.

중요한 것은 가브리엘의 입에서 〈스파게티 맨〉이라는 이름이 나왔다는 것이다.

그것은 생소하고도 기묘한 이름이었다. 그러나 얼마 전 조우했던 모종의 괴이한 사건과 관련된, 로한에게는 잊기 힘든 이름이었다.

그렇다, 어찌 잊을 수 있으랴. 그 터무니없이 기묘한 남자를.

"에이전트 가브리엘. 당신은 최고로 완벽한 타이밍에 일을 의뢰한 거야. 다음에 뭔가 그린다면 〈스파게티 맨〉으로 하기로 마음먹고 있었거든."

"—그럼."

"이 일, 수락해줄 수도 있어."

로한은 발밑의 가방으로 손을 뻗었다. 그리고 딸깍 하고 물림쇠를 끄르더니 그 안에서 가늘고 긴 물체를 꺼내 테이블 위에 올려놓는 것이었다.

그것은 형용하기 어려울 만큼 기이한 형태로 뒤틀린 금속 재질의 막대였다.

"이건 원래 내가 애용하던 펜이야. 지금은 보다시피 이렇게 스파게티 같은 형태로 변형되고 말았지만."

변형된 펜을 손에 쥐자 그 순간, 돌처럼 미동도 없었던 가브리엘의 눈매가 변화를 보였다.

"이건… 진품이군요."

"두말하면 잔소리지."

로한은 가브리엘에게서 펜의 잔해를 회수해 그 끝으로 스케치북의 낙서를 가리켰다. 랜덤한 선들 사이에 떠올라 있는 남자의 얼굴을 로한과 가브리엘은 내려다봤다.

"〈스파게티 맨〉은 실존해. 그래서 내 펜이 이렇게 된 거야."

로한은 뒤이어 가방에서 대량의 사진을 꺼내 테이블 위에 늘어놨다.

"여기 이 모든 사진에 똑같은 남자가 찍혀 있지?"

그 얼굴은 스케치북에 그려진 것을 빼닮은 얼굴이었다.

"조우하신 거군요, 선생님."

로한은 고개를 끄덕이는 대신에 이렇게 말했다.

"도시 전설 〈스파게티 맨〉. ──바로 얼마 전, 나는 그 유일한 생존자가 됐어."

2

그렇다. 그것은 연재를 하나 마친 뒤 다음 장기 연재에 들어가기 전, 몇 편쯤 단편을 그려볼까 하던 시기에 일어난 일이었다.

그때 나는 어느 도시 전설에 관해 취재를 하고 있었다.

〈스파게티 맨〉— 인터넷을 중심으로 알려진, 전 세계에서 나라와 지역에 상관없이 똑같은 모습으로 목격된다고 하는 수수께끼의 남자에 관한 도시 전설이다. 당초 나는 이 도시 전설에 관해 알지 못했다. 딱히 인터넷을 열심히 하는 타입도 아니기 때문이다.

그러나 어느 날을 기점으로 나는 이 도시 전설에 휘말리게 되었다.

그 발단은 찍어서 모아둔 자료 사진을 정리하던 중에 일어났다.

다음 일을 앞두고 기분을 전환하기 위해 자기 자신을 조율한다. 그럴 때는 자료용으로 찍어둔 사진을 정리하는 것이 꽤나 도움이 된다.

내게 있어 사진은 취미라기보다 일의 연장선이다. 그러나 자료용으로 촬영하다보면 사진의 양이 방대해진다. 작업실 한쪽의 긴 책상에 사진을 잔뜩 늘어놓고 신경이 쓰이는 것을 닥치는 대로 골라낸다. 그리고 거기에서 신작의 단서가 될 만한 소재를 구축해가는 것이다.

바로 그때였다.

내가 사진에 찍힌 수수께끼의 남자를 알아차린 것은.

그것은 모리오초의 풍경을 찍은 사진이었다. 내가 살고 있는 이 마을은 독특한 분위기가 있다보니 소위 그림이 되는 장소가 많다. 때문에 자연히 셔터를 누르는 횟수도 늘어나기 마련이다.

사진에는 거리 중심부의 큰길이 찍혀 있었다. 시간은 점심이 막 지난 오후 무렵. 주민과 관광객이 오가는 가운데 거리의 활기찬 분위기를 나타내는 데에 딱 어울리는 샷.

딱히 이렇다 할 것도 없는 사진이 신경쓰인 것은 사진 속에 모종의 위화감이 도사리고 있었기 때문이다.

교차로의 인파. 횡단보도를 건너는 통행자들의 옆모습. 그 와중에 단 한 사람, 이쪽을 정면으로 바라보며 서 있는 남자. 남자는 사람들의 흐름을 무시한 채 이쪽을 향하고 있는 것처럼 보였다.

구깃구깃한 양복에 쭈글쭈글한 모자를 쓴 남자. 덥수룩한 눈썹에 부리부리한 눈. 반쯤 열린 입은 옅은 웃음을 짓고 있었다. 전체적인 용모는 영화배우 베네치오 델 토로의 흐트러진 모습과 비슷한 느낌이 있었다.

남자는 이쪽을 보고 있다. 그렇게밖에 말할 도리가 없는 부자연스러움이 있었다.

흥미가 동했다. 이거 이상하군, 그런 직감이 들었다.

곧바로 그 사진의 데이터를 조작해 초점의 위치를 남자에게 옮겼다.

디지털카메라의 장점 중 하나는, 나중에 이미지의 어느 위치로든 초점 변경이 가능한 상태로 촬영 데이터를 보존할 수 있다는 것이다. 이미지 편집 소프트웨어만 있으면 동일한 사진도 초점을 바꿔 재출력이 가능하다.

그리고, 인쇄된 사진을 보고 확신했다.

틀림없다. 남자의 시선은 명백히 사진의 촬영자를— 다시 말해 나를 향해 있다.

그러나 그것뿐이라면 우연이겠거니 넘어갈 수도 있다. 우연히 이쪽을 바라보고 있을 뿐인지도 모르기 때문이다.

그러나 다른 사진들을 정리하는 동안 의심은 금세 확신으로 바뀌었다.

그 사진 외에도 똑같은 남자가 찍혀 있는 사진이 대량으로 발견됐기 때문이다.

전부 30장은 족히 넘었다. 그만한 숫자의 사진에, 마치 카피한 것처럼 완전히 똑같은 모습의 남자가 찍혀 있었다.

모든 사진에서 남자는 정면을 바라보고 있었고, 하나같이 낡아 빠진 양복과 모자에 옅은 웃음을 짓고 있었다.

몇 년에 걸쳐 찍힌 사진들이다. 장소도 제각각이었다. 모리오초뿐만이 아니라 업무 미팅차 갔던 도쿄의 거리. 취재차 갔던 산속 마을. 혹은 머나먼 토스카나의 논길.

그 모든 사진에 똑같은 남자가 찍혀 있었다.

소름이 돋았다. 도저히 우연이라고 생각할 수 없었다. 어떤 이유인지는 알 수 없지만, 내가 가는 곳마다 이 남자가 있었다.

이 녀석의 정체는 대체 뭘까? 내 스토커인가?

그러나 아무래도 이 녀석은 그런 부류가 아닌 것 같았다.

명백히 이쪽을 보고는 있어도 상대를 훔쳐보고 있다는 흥분 같은 저열한 표정은 일절 없이, 그저 미소 짓고 있을 뿐이었다.

시기도 장소도 제각각에, 모리오초뿐만 아니라 해외에서 찍은 사진에도 있었다. 아무리 열광적인 스토커라고 해도 그렇게까지 쫓아오는 녀석은 거의 없기 마련이다.

그렇다면 이 녀석은 모종의 목적이 있어서 나를 보고 있었던 것일까.

어쨌든 기분이 나쁜 것은 사실이었다.

아무것도 하지 않는 것이 또 으스스한데다, 향후 아무것도 하지 않는다는 보장도 없었다.

그러나 나는 공포와는 인연이 없었다.

영문 모를 무언가 같은 것은 오히려 대환영이다.

그런 것일수록 새 만화의 소재로 딱이다.

우선은 이 녀석에 관해 조사를 해보자.

사진에 찍힌 수수께끼의 남자, 그 정체를 뒤쫓는 작가의 이야기— 스토리의 도입부가 머릿속에 떠올랐다.

"좋은걸. 난 네게 관심이 생겼어."

사진에 찍힌 남자를 향해 그렇게 중얼거렸다.

이때 나는 그뒤 일어날 터무니없는 사태에 관해 상상조차 하지 못하고 있었다.

3

〈스파게티 맨〉의 이야기를 해보자.

수수께끼의 남자— 〈스파게티 맨〉은 언제 어디에서나 똑같은 모습으로 나타난다. 인터넷상에서 다수의 목격 사례가 보고된 바 있으며, 이 도시 전설에 관해 언급하는 기사도 상당수 존재한다.

그러나 흥미 본위로 조사하는 것은 추천하지 않는다. 왜냐하면 이 도시 전설이 회자된 데에는 어느 으스스한 이유가 있기 때문이다. 그것은 〈스파게티 맨〉과 조우한 것으로 알려진 사람은 모두 행방불명이 되었다는 사실이다.

이 도시 전설의 기원으로 거슬러올라가면 〈세 명의 조우자〉에게 도달한다.

그들은 도시 전설 〈스파게티 맨〉이 탄생한 계기라고 해도 과언이 아닐 것이다.

우선 첫번째 조우자에 대해 이야기해보자. 가명으로 그를 찰스라고 부르겠다. 미국인. 직업은 다수의 신문사와 계약을 맺은 프리 저널리스트로, 인터넷에서 자신의 뉴스 사이트도 운영하고 있었다.

그런 그가 〈스파게티 맨〉이라 불리는 수수께끼의 남자의 존재를 알아차린 것은 어느 취재 기사의 레이아웃 작업을 하던 와중이었다.

그 사진은 폐허가 된 지방 도시를 촬영한 것으로, 사진 속에는 분명 무너진 건물 이외에는 아무것도 찍혀 있지 않았어야 했다. 그러나 현상된 사진에는 묘한 남자가 찍혀 있었다. 그 남자는 사진 한복판 자갈밭 위에 홀로 서 있었다.

구깃구깃한 양복과 쭈글쭈글한 모자, 굵은 눈썹과 입가에 떠오른 옅은 웃음.

찰스가 기사에 쓰는 사진은 모두 직접 찍은 것들이었다. 찰스가 기억하기로 촬영 당시 다른 사람은 없었다. 기자인 만큼 찰스는 기억력 하나는 자신이 있었다. 그러나 사진에 남자가 찍혀 있는 것도 사실이었다. 우연히 부랑자가 찍힌 것일지도 모른다. 찰스는 의문을 느끼면서도 폐허 도시를 촬영한 다른 사진들 역시 확인해봤다.

모든 사진에 남자가 찍혀 있었다.

이상하다. 그는 이런 남자를 본 기억이 없다. 찰스는 곧 이 사진에 관한 기사를 자신의 뉴스 사이트에 올렸다. 그리고 그는 유저들에게 이 남자의 정체를 밝혀내고 싶다고 했다.

이 수수께끼 같은 기사는 그의 사이트에서 가장 많은 조회수를 기록했지만, 그 후속 보도가 올라오는 일은 결국 없었다.

찰스가 이 기사를 올린 지 얼마 지나지 않아 행방불명되었기 때문이다.

그가 실종된 뒤 인터넷에는 수수께끼의 남자에 대한 게시물이 잇따라 올라오게 되었다.

찰스가 남긴 사진과 그의 실종이 전 세계 네티즌들의 호기심을 자극한 것이다.

그 태반은 게시자의 위조거나 합성 사진 등이었다. 이윽고 맨 처음 찰스가 올린 사진도 합성이 아니었냐는 의심을 받게 되었다.

바로 그때였다. 다음 조우자가 나타난 것은.

이번에는 일본이었다. 이름은 가명으로 카나코라고 부르겠다. 그녀는 당시 대학생이었는데, 취미인 셀카 사진을 SNS에 곧잘 올리곤 했다. 그녀의 용모는 평범했지만 사진을 찍는 센스가 좋아서, 사진을 올릴 때마다 많은 댓글이 달렸다. 그러나 어느 날 갑자기 그녀의 SNS 업데이트가 중단되었다.

이상하게 여긴 친구가 그녀에게 이유를 묻자, 카나코는 이상한 남자가 점점 다가온다며 새파랗게 질린 얼굴로 호소했다고 한다.

카나코는 그 남자가 찍힌 사진을 곧바로 처분했다. 그 사진은 그녀가 살고 있던 대학 기숙사의 중앙 정원에서 찍은 것으로, 일면식도 없는 사람이 찍히기란 거의 불가능한 일이었다. 그런데 그곳에 그 남자는 찍혀 있었다. 그 모습은 찰스의 사진에 찍힌 것과 똑같은 모습이었다.

그러나 그녀의 경우는 그것으로 끝이 아니었다.

그녀는 겁에 질려 사진을 더이상 한 장도 찍지 않게 되었지만, 그뒤로 주변에서 곧잘 그 남자의 모습을 목격하게 되었다.

처음에는 시야 한구석, 멀리 떨어진 위치에 있는 그 남자의 모습이 어느 순간부터 눈에 들어오기 시작했다. 시일이 지날수록 남자와 자신의 거리가 점점 줄어들었다. 이윽고 카나코는 외출을 거부하게 되었다. 어느 순간 그 남자가 자신을 덮칠지도 모른다는 공포에 시달렸다.

그러던 어느 날 늦은 밤의 일이었다. 카나코는 문득 잠에서 깨어났다. 평소보다 밝은 달빛이 방안을 비추고 있었다. 커튼을 제대로 치려고 창문으로 다가가던 순간, 그녀는 자신도 모르게 숨을 삼켰다. 수수께끼의 남자가 유리창 너머로 미소 짓고 있었다.

마침내 그 남자가 그녀의 방 베란다까지 나타난 것이다. 그녀의 처절한 비명에 깜짝 놀라 잠이 깬 룸메이트가 벌벌 떠는 그녀를 발견하고 구급차를 부를 정도로 큰 소동이 벌어졌다.

불법 침입의 흔적은 전혀 발견되지 않았지만, 너무 초췌한 그녀를 보고 친구들은 경찰에 신고하는 것이 좋겠다고 조언했다.

그러나 정작 경찰은 직접적인 피해가 없는 이상 딱히 대처할 방도가 없다며 소극적으로 반응했던 모양이다. 카나코 이외에 주변 사람 중 누구도 그 남자의 모습을 목격하지 않은 탓에 일종의 환각을 본 것이 아니냐며 그녀에게 정신과에 가볼 것을 권할 뿐이었다.

그러나 그뒤 카나코가 의사를 찾아가는 일은 결국 없었다.

경찰에 신고한 지 며칠 뒤, 더이상 기숙사에 있을 수 없다고 판단한 카나코가 본가로 돌아가려 하던 바로 그때였다. 기숙사 바로 앞의 길 위에 트렁크만을 남기고 그녀는 홀연히 모습을 감춰버렸다. 이후 애타게 찾는 가족의 노력에도 불구하고 그녀의 행방에 관한 단서는 아무것도 발견되지 않았다.

이때를 기점으로 수수께끼의 남자에 대해 가지고 있던 네티즌들의 인상은 바뀌게 되었다.

이 수수께끼의 남자는 단순한 정체불명의 인물이 아니다.

모종의 의도를 가지고 다가와 상대를 어디론가 납치해가는 위험한 존재인지도 모른다, 라고.

그런 의심이 확신으로 변한 것은, 세번째 조우자의 에피소드부터였다.

가명으로 챙이라 부르겠다. 그는 중국 상하이에 사는 대학생이었다. SNS나 뉴스 사이트를 감시하며 반체제적 게시물을 검열하는 아르바이트를 하고 있었다. 챙 본인은 딱히 애국심이 투철한 것은 아니었다. 다만 이 일을 하면 결과적으로 인터넷에 액세스하기 수월하고 재미있는 정보들을 얻을 수 있기 때문이었다.

수수께끼의 남자는 그런 그의 호기심을 자극하는 더할 나위 없는 건수였다.

챙은 여러 정보에 액세스할 수 있는 지위를 이용, 수수께끼의 남자에 관한 진상 규명을 위해 열성적으로 활동하는 마니아였다. 한때 상당량의 정보가 그에게 모였다고 한다.

그는 정보의 취사 선택에 능했기에 그 진위를 판별하는 필터가 되어줬다.

〈스파게티 맨〉에 관한 정보가 정리된 데에는 챙의 공적이 컸다.

그는 지난 두 건의 〈조우자〉와 관련해 전 세계에서 유저들을 불러모아, 진상을 철저하게 조사하는 포럼의 리더가 되었다. 애당초 그들이 실존 인물인가, 하는 점에서 시작해 최종적으로 그들이 수수께끼의 남자와 조우해 행방불명되기까지의 발자취를 꼼꼼하게 조사했다.

그 포럼의 가장 큰 성과는 조우자들의 실존을 증명한 것이다.

찰스도 카나코도 행방불명된 실존 인물이었다.

또한 이 시기에 스파게티처럼 가늘고 길게 늘어난 기묘한 유류품이 조우자들의 실종 현장에서 발견되었다.

유류품은 본래 스마트폰이나 작업 도구인 만년필, 또는 립스틱 같은 화장품인 듯했다. 그러나 어떤 가공 수단을 썼는지 몰라도 하나같이 불가능할 정도로 가늘고 길게 늘어나 있었고, 기이할 정도로 뒤틀려 있었다. 마치 스파게티처럼.

그렇다. 〈스파게티 맨〉이라는 통칭이 생겨난 것도 이 시기부터였다. 그 이름을 지어준 것은 쳉이라 해도 과언이 아니다.

그는 반쯤 농담으로 누가 자신에게 이 스파게티를 보내주면 삶아서 먹는 영상을 올리겠다고 동료 유저들에게 말했다.

그러나 쳉이 이 유류품을 손에 넣는 일은 없었다.

이 발언을 전후로 그는 더이상 조사 포럼에 나타나지 않게 되었던 것이다.

나중에 판명된 바, 쳉은 검열 아르바이트에서 잘려 더이상 자유롭게 인터넷에 액세스할 수 없게 되었고, 그 원인은 국

내 SNS에 망상 같은 게시물을 대량으로 올렸다는 이유였다.

그 게시물에서 챙은 수수께끼의 남자가 자신의 주변에도 나타나게 되었다며 필사적으로 호소하고 있었다.

'녀석은 한 명이 아냐! 날이면 날마다 수수께끼의 남자가 늘어나고 있어! 어딜 가도 녀석이 있다구! 난 항상 녀석들에게 감시당하고 있어! 아아 젠장, 네놈들은 대체 정체가 뭐지?! 그래 맞아! 수수께끼의 남자는 정부 비밀 기관의 부하야! 날 구속하려는 거야!'

'살려주세요. 죄송합니다. 전 아무 잘못도 안 했어요. 그냥 남자의 정체를 조사하려고 한 것뿐이에요. 제발요. 살려주세요.'

그렇게 필사적으로 살려달라는 게시물을 올린 것을 마지막으로, 챙도 행방불명되었다.

실종 현장이 된 집합 주택 내 그의 방은 실내의 모든 것이 파괴된 것처럼 엉망진창이었다고 한다. 물론 그곳에는 전자기기류가 변형된 것으로 보이는 가늘고 긴, 그리고 뒤틀린 유류품이 대량으로 남아 있었다. 그러나 인근 주민들은 챙이 누군가와 말다툼하는 낌새는 없었다고 증언했고, 혈흔 같은 것도 일절 발견되지 않았다. 챙만 홀연히 모습을 감춰버렸던 것이다.

그뒤로 〈스파게티 맨〉은 그 농담 같은 이름과는 정반대로 언급하기 꺼림칙한, 으스스한 도시 전설로 회자되기 시작했다.

목격담은 그뒤로도 계속 보고되었다.

드물게 조우자도 나타나곤 했지만, 그들도 모조리 중간에 활동을 중단해버렸다.

더이상 엮이면 위험하다는 생각에 달아난 것인지, 혹은 〈스파게티 맨〉과 조우해 행방불명이 되고 만 것인지…

언제부터인가 〈스파게티 맨〉의 정체를 조사해서는 안 된다— 그런 암묵적인 룰이 네티즌들 사이에서 공유되기 시작했다.

…여기까지 조사한 나는 잠시 생각했다.

아무래도 예상보다 골치 아픈 녀석일지도 모르겠다.

나는 기본적으로 리얼리스트이다.

만화가라는 직업상, 눈앞에서 어떤 으스스한 현상이 일어난다고 해도 그것이 어떤 원리인지 밝혀내고 항상 이해하려는 성격이다.

그렇다고 이 세상의 섭리를 초월하는 '괴이怪異'라 할 만한 존재를 일절 믿지 않느냐고 하면, 그렇지 않다.

내가 사는 모리오초에는 실제로 유령이 있는 뒷골목이 존재했을 뿐만 아니라, 그동안 취재를 거듭하면서 요괴나 괴이라고밖에 설명할 수 없는 으스스한 상대나 사건과 조우한 적이 한두 번이 아니다.

그렇게 갈고닦은 후각에 의하면 〈스파게티 맨〉에는 십중팔구 무언가가 있다.

내가 그렇게 판단한 바로 그때였다. 책상 위에 놓아둔 휴대전화가 울린 것은.

누구일까. 내 번호는 담당 편집자 등 최소한의 사람밖에 모를 뿐 아니라, 애당초 업무 시간으로 정해둔 낮 시간에는 사전에 말도 없이 전화를 거는 비상식적인 녀석이 있을 리가 없는데…

〈발신자 표시 제한〉— 화면에는 그렇게 떠 있었다.

장난 전화인가? 어디선가 번호가 유출된 것인지도 모르겠다. 〈스파게티 맨〉의 조사를 방해받은 기분이 들어 짜증난 나는 휴대전화를 소파로 던져버렸다.

그러나 아무리 지나도 착신음이 멈추지 않는 것이었다. 분명 3분은 족히 지났건만, 상대는 참을성 있게 이쪽이 전화를 받을 때까지 기다릴 모양이었다. 나는 한바탕 욕이라도 퍼부을 생각에 휴대전화를 들고 통화 버튼을 눌렀다.

"이봐, 당신. 어디 사는 누군지는 몰라도 말이야—"

"지금, 어디 있습니까?"

상대는 나를 무시하고 일방적으로 그렇게 말했다. 들어본 적 없는 목소리. 역시 장난 전화 같았다. 그러나 극도로 침착한 목소리. 마치 기계로 합성한 것처럼 평탄한 음색이었다.

그 직후 뚝 하고 전화가 끊겼다. 대답을 기다리지도 않고 일방적으로 통화를 종료한 것이다.

"뭐야, 진짜…"

어리둥절했지만 나는 일단 수신 거부 설정을 한 뒤 휴대전화를 껐다.

지금 생각하면 이것은 일종의 경고였다. 혹은 곧 닥쳐올 위협을 예고하는 전조前兆.

또다시 이 전화를 받았을 때, 나는 더이상 옴짝달싹도 못하는 상황에 몰리게 된다.

4

사진 속 수수께끼의 남자를 본격적으로 조사하기 위해, 나는 다음 장기 연재의 취재 기간으로 비워뒀던 장기 휴가를 이용하기로 했다.

먼저, 두번째 조우자인 카나코의 실종 현장을 찾아가 조사했다.

그러나 결론부터 말하자면 그다지 유익한 정보는 얻을 수 없었다.

그 당시 도쿄의 여대에 다니던 카나코의 룸메이트나 친구들은 이미 대학을 졸업하고 전국 각지에 흩어져 있었다. 게

다가 문제의 학생용 기숙사도 대학의 경비 삭감 때문에 민간
업자에게 불하되어, 지금은 공터였다.

대학 측을 상대로도 취재해봤지만, 학생용 기숙사에서 정
신 이상을 일으키는 학생은 그리 드물지 않다는 듯했다. 〈스
파게티 맨〉과 조우한 카나코도 마찬가지로 스트레스로 인해
정신적인 문제가 생긴 사례 중 하나로 기억되는 정도였다.

실종 위치는 학생용 기숙사 바로 근처 사거리였다. 큰길에
서 살짝 들어가면 나오는 딱히 이렇다 할 것 없는 작은 뒷골
목으로, 주변에는 단독 주택과 아파트가 늘어서 있었다. 사
방이 트여 있어서, 환한 대낮에 누구의 눈에도 띄지 않고 여
성을 납치하기는 상당히 어려울 것 같았다.

나는 인터넷 경매에서 낙찰된 그녀의 유류품—묘사하기
가 참으로 어렵다. 여하튼 진짜로 형용하기 어려운 기이한 형
태로 뒤틀려 있어서 말이다—을 들고 주변 사람들을 상대로
탐문하고 다녔다.

불과 수년 전의 일이건만, 이 주변은 워낙 학생도 많고 출
입하는 사람도 많아서 그런지 당시의 일을 기억하는 사람은
많지 않았다. 실종 직전의 그녀를 목격했다는 노부인을 찾아
냈을 때도, 처음에는 잊고 있었다가 내가 들고 있던 카나코
의 유류품을 보고서야 가까스로 기억해냈을 정도다.

그날 노부인은 자택 정원을 가꾸고 있었다. 그때 젊은 여

성의 비명이 들려왔다. '이 자식!'이라든가 '어디서 개수작이야!'라든가, 여성치고는 상당히 거친 말투였기에 깜짝 놀라 밖으로 나갔다. 그러자 트렁크를 소지한 젊은 여성이 사거리 쪽에서 외치고 있었다.

젊은 여성(카나코)은 아무도 없는 골목을 향해 고함을 지르고 있는 것 같았다. 무슨 환각이라도 보고 있는 것이었을까. 그 과격한 어조에 기가 죽은 노부인은 곧바로 자택으로 다시 들어갔다. 괜히 눈에 띄어 트집이라도 잡히면 곤란했기 때문이다.

노부인은 자택 정원으로 돌아왔다. 젊은 여성의 고함은 점점 커져만 갔다.

그리고 갑자기 정적이 찾아들었다. 그렇게 고함을 지른 끝에 여성도 힘이 부쳤던 것일까. 하지만 너무나도 급격하게 조용해진 것이 걱정된 나머지, 노부인은 다시 한번 상황을 살피러 밖으로 나갔다.

젊은 여성의 모습은 이미 사라지고 없었다. 그녀의 소지품이 분명한 트렁크가 지면으로 내동댕이쳐진 것인지 박살이 나서, 내용물이 사방에 나뒹굴고 있었다.

무슨 범죄에 휘말린 것인지도 모른다. 그렇게 생각한 노부인은 머뭇머뭇 사거리로 다가가봤지만, 아무리 찾아도 여성은 보이지 않았다.

노부인은 내게서 받아든 유류품을 찬찬히 보면서 그렇게 말했다.

아무래도 이 유류품은 원래 트렁크의 일부였던 모양으로, 노부인의 신고를 받고 달려온 경찰이 보관하고 있다가 어떤 이유로 호사가의 수중에 들어갔던 것이다.

당시 이 실종 사건 때문에 동네가 약간 떠들썩했던 건지, 한동안 경찰이 근처 일대를 순찰했지만 결국 여성이 발견되는 일은 없었다. 그리고 어느샌가 주민들도 이 기묘한 실종자에 관해 잊어버렸다.

그녀는 대체 누구를 향해 외치고 있었던 것일까?

나는 사거리에 서서 생각했다.

물론 상대는 수수께끼의 남자— 즉, 〈스파게티 맨〉일 것이다.

그러나 노부인도 카나코의 친구들도, 누구 하나 남자의 모습을 목격한 바 없다.

카나코는 모종의 이유로 정신적인 문제가 생겨 환각을 봤던 걸지도 모른다. 그것이 훨씬 합리적인 답이다. 그러나 그걸로는 어째서 사진에 남자의 모습이 찍혀 있었던 것인지 설명되지 않는다. 첫번째 조우자인 찰스가 올린 사진과 마찬가지로 카나코의 사진에도 분명 수수께끼의 남자가 찍혀 있었다. 그렇다면 수수께끼의 남자를 실제로 목격하기 위해서는(혹은 조우하기 위해서는) 무슨 조건이 있는 것인지도 모른다.

나는 실종 현장에서 사진을 찍고 그 자리에서 확인했다.

사방이 탁 트인 사거리에는 아무도 없었다.

그러나 사진을 확인하자, 거기에 역시 〈스파게티 맨〉이 찍혀 있었다. 사거리에 설치된 전봇대 옆에 서서 미소 짓고 있었다.

실제로 그 위치를 살펴봤지만 아무도 없었다. 그곳에는 그저 전봇대만 있을 뿐. 아무리 확인해봐도 누군가가 숨어 있던 흔적조차 일절 찾아볼 수 없었다.

이 사진 속 남자는 혹시 진짜로 환각인 게 아닐까. 그런 생각을 하며 나는 발길을 돌려 사거리를 떠나려고 했지만, 그때 갑자기 시야 한구석에 남자의 모습이 스쳤다.

깜짝 놀란 나는 그 방향으로 돌아봤다.

아무도 없다.

그러나 틀림없었다. 구깃구깃한 양복에 쭈글쭈글한 모자, 그리고 옅은 미소를 짓고 있는 굵은 눈썹에 부리부리한 눈의 남자. 그것은 〈스파게티 맨〉이었다.

또다시 휴대전화가 울렸다.

화면에는 〈발신자 표시 제한〉이라고 떠 있었다. 계속해서 전화를 받지 않고 무시하자 이윽고 착신음은 멎었다.

계속해서 등뒤에서 누군가의 시선이 느껴졌다.

〈스파게티 맨〉을 실제로 목격하고 그와 조우하게 되는 조건은 무엇일까?

그뒤 국내에서 확인된 실종 현장을 몇 군데인가 돌아보고 돌아오는 길에 나는, 전철 안에서도 그 생각을 하느라 여념이 없었다.

실종 현장을 조사하기 시작한 날을 기점으로 〈스파게티 맨〉을 실제로 목격하게 되었다.

어느 순간부터 시야 어디엔가 남자의 모습이 나타났다. 촬영한 사진에서도. 그 수는 점점 늘어나고 있었다. 그리고 기분 탓인지, 이전에 비해 〈스파게티 맨〉의 모습이 더 크게 찍히게 되었다.

흡사 이쪽으로 점점 다가오는 것처럼.

도시 전설대로라면 나는 서서히 〈조우자〉가 되고 있는 것일지도 모른다.

그뒤 다른 조우자에 관해서도 조사했다. 명확하게 실종으로 집계된 것은 앞서 이야기한 세 명뿐이지만, 그밖에도 행방불명이 된 사람이 꽤 있다고 했다.

그리고 참으로 불길하게도, 다소 차이는 있을지언정 행방불명된 사람들과 내가 처한 상황은 상당히 비슷했다.

실종자 모두 〈스파게티 맨〉을 실제로 목격했다는 증언을 남겼다.

네티즌들은 그 증언을 의심하고 신빙성 없는 것으로 판단했다. 사진과는 달리 실제로 목격한 것은 증명할 수 없었기 때문이다.

그러나 나는 실제로 보았다.

조우자들의 실종 시기는 실제로 목격했다는 보고로부터 빠르면 며칠, 길어도 한 달 이내였다.

내가 실종되는 것도 이제 시간문제 아닐까?

내 경우 실종 현장에서 〈스파게티 맨〉을 목격한 지 약 일주일이 경과했다. 지금은 아직 남자가 아무런 행동도 하지 않고 있지만, 그것이 언제 실행될지는 알 수 없다.

취재 기간으로 비워뒀던 휴가는 곧 끝난다.

그러나 문제없이 다음 작품의 집필에 착수할 수 있을지 모르겠다. 수수께끼의 남자가 시야에 맴도는 탓에, 집중력이 자꾸 흐트러져 작업에 전념할 수 없기 때문이다.

나는 〈스파게티 맨〉이 찍힌 사진을 보았다.

〈스파게티 맨〉은 말없이 나를 뚫어져라 쳐다보고 있었다. 으스스한 옅은 웃음을 짓고서.

어째서 내게는 이 녀석이 보이는 것일까?

조우자들에게는 어째서 이 녀석의 모습이 보였던 것일까?

추가로 조사를 해본 결과 첫번째 조우자 찰스와 관련해 다소 기묘한 서술을 발견했다. 그는 프리 저널리스트였지만, 원래는 자신이 촬영한 심령 사진이나 자신의 체험담을 올리는 사이트를 운영했던 모양이다. 찰스는 소위 보이는 타입의 인간이었던 것이다.

그리고 마찬가지로 보이는 타입의 인간이 다른 조우자 중에도 적잖이 있었다.

유령이, 천사나 악마가, 혹은 괴물이 보인다— 그렇게 주장하는 사람은 드물지 않다.

심령 현상 체험담 중 대다수가 그렇듯, 사람은 한번 의심에 사로잡히기 시작하면 별의별 곳에서 괴이의 흔적을 보게 된다. 단순한 소음인데 무언가가 그곳에 있는 것처럼 들리고, 커튼의 주름에 망령의 얼굴이 깃들어 있는 것처럼 보이는 것도 결국은 착각이다.

나 자신도 사실은, 다음 작품의 구상이 잘 풀리지 않고 있다는 스트레스 때문에 마침 조사하고 있던 도시 전설의 정보에 휩쓸려 환각을 보게 된 것뿐인지도 모른다.

그러나 이 보이는 타입의 인간이라는 키워드는 머릿속 한 구석에 넣어두기로 했다.

〈스파게티 맨〉이 실재이든 환각이든, 스스로 어떻게든 해야 하기 때문이다. 그것이 보이지 않는 다른 누군가는 대처

할 도리가 없는 문제이다.

이번 건은 어디까지나 혼자서 대처할 수밖에 없다.

그러나 어떻게 해야 할 것인가.

〈스파게티 맨〉이 괴이라면, 혹은 그렇지 않더라도 이상한 인물이나 집단이라면, 현실적으로 대처하는 것이 당연하다. 모종의 수단에 의해 행방불명이 되기 전에 어디론가 달아나는 것이 타당할 것이다. 실제로 〈스파게티 맨〉의 추적으로부터 달아나기 위해 스스로 발자취를 감춘 조우자도 있다고 한다.

〈스파게티 맨〉에 관한 정보를 차단하고 완전히 거리를 두는 것.

상대가 다가오면 그만큼 달아난다. 위험을 회피한다.

당연한 대책이다.

그리고 보통은 그렇게 하는 것이 타당하다.

그러나 나는 만화가이다.

작품을 그리기 위해 필요한 것은 언제나 특별한 체험이다. 그것은 종종 보통과는 거리가 먼 이상한 것, 이라고 바꾸어 말해도 과언이 아닐 것이다.

그렇게 생각하면 이 상황은 작품의 소재가 오히려 절로 굴러들어온 것과 다름없다. 그렇다면 피할 이유가 없다.

게다가 애당초 〈스파게티 맨〉에게서 달아날 방도는 없을

지도 모른다.

나는 또다른 자료를 읽었다.

〈스파게티 맨〉의 정체를 밝혀내겠다며 현재도 활발하게 활동중인 온라인 포럼은 조우자가 달아날 수 없는 이유를 이렇게 설명한다.

세계 각지의 긱(geek), 혹은 너드(nerd)라고 할 수 있는 그들은 〈스파게티 맨〉의 또다른 기묘한 특징인, 때와 장소를 막론하고 똑같은 모습으로 목격되는 이유에 관해 모종의 가설을 세웠다.

흡사 전설의 생 제르망 백작*처럼 〈스파게티 맨〉은 시공을 초월해 존재한다. 그 원리는 〈웜홀 가설〉에 기반한다고 그들은 주장한다.

포럼의 유저들이 말하기를, 〈스파게티 맨〉은 웜홀을 통해 한 시공에서 다른 시공으로 여행할 수 있다. 웜홀이라는 것은 시공의 각기 다른 지점을, 그 물리적인 거리를 무시하고 연결하는 시공의 지름길 같은 것이다. 그리고 〈스파게티 맨〉은 그 지름길을 통해 모든 장소로 순간 이동을 할 수 있다. 다시 말해 〈스파게티 맨〉에게서 달아나려고 해봤자 그는 시간과 거리를 무시하고 추적해온다는 것이다.

---

* 18~19세기 유럽 사교계에서 활동한 신비주의자. 불사신을 자처했다고 한다.

그리고 또 조우자가 달아날 길을 봉쇄할 만한 이야기가
있다.

세번째 조우자, 챙을 기억하는가? 그는 실종 직전에 여러
명의 〈스파게티 맨〉이 쫓아온다고 SNS에 적었다.

〈스파게티 맨〉은 한 명이 아니다. 모습이 똑같은 여러 명
의 남자들이다. 다른 조우자도 비슷한 증언을 한 바 있다. 아
무래도 〈스파게티 맨〉은 점찍은 상대가 계속 달아날 경우 동
료를 부르는 것 같다.

그래서 포럼에서는 남자의 정체를 하나의 집단으로 정의
했다.

그들은 표적을 발견하면 모종의 수단으로 그 정보를 서로
전달하고, 모든 곳(시공)에 있는 남자들이 모여든다. 그 정보
전달 수단이 바로 웜홀인 것이다. 시공과 시공을 잇는 지름
길이 정보 네트워크로 기능하며, 전 시공의 〈스파게티 맨〉은
즉시 정보를 공유하고 동기화된다. 그리고 한곳으로 모여든
다. 때문에 절대로 달아날 수 없다. 그것은 흡사 사냥과 같아
서, 한번 표적이 되면 끝. 기회를 노리는 무수한 사냥개들에
게 쫓겨 다니게 된다.

다시 말해 도망은 무의미하다.

물론 이들 가설은 황당무계한 SF에 지나지 않는다.

그러나 실제로 〈스파게티 맨〉과 조우한 사람 중 어느 누구

도 달아날 수 없었다.

다시 말해 〈스파게티 맨〉은 이 가설에 필적하는 모종의 능력을 가지고 있다는 뜻이 된다.

솔직하게 말하겠다. 이때 나는 '이게 진짜라면 손쓸 도리가 없겠군'이라고 생각했다. 상대의 능력이 강해도 너무 강했다. 사정거리도 거의 무한이나 다름없고 그 수도 무수히 불어난다. 그런 반칙 같은 존재가 진짜로 있다고 한다면, 내가 그 녀석과 대치해서 승리할 가능성은 전혀 떠오르지 않았다.

이윽고 전철이 역에 도착했다. 2주일 만의 모리오초는 여전히 북적거렸다. 그리고 나는 집으로 발길을 향했다.

휴대전화를 꺼내 적당히 거리의 풍경을 촬영했다.

있다.

인파 속에 있는 〈스파게티 맨〉은 더이상 사진을 확대할 것도 없이 얼굴을 식별할 수 있을 정도로 거리가 가까워져 있었다.

"넌 무슨 목적으로 인간에게 다가오는 거냐?"

그렇게 중얼거렸지만 상대가 대답을 할 리 없었다.

대신에 휴대전화가 울렸다. 수수께끼의 남자의 모습이 시야를 스쳤다.

이때 이미 어떤 직감, 혹은 본능적인 예감이 들었다. 갑자기 비가 내리기 직전에 습한 냄새가 풍기는 것처럼 아아 오겠구나, 같은 느낌이다.

나는 곧바로 통화 버튼을 눌렀다.

화면에 떠 있는 발신자 표시 제한 문구.

그러나 상대가 누구인지는 이미 알 것 같았다.

"지금, 어디 있습니까?"

"더이상 그런 질문을 할 필요는 없잖아?" 대답을 기다릴 것도 없이 전화를 끊었다. 그리고 등뒤를 돌아봤다. "난 네 눈앞에 있거든."

내 시야에 뚜렷이 보이는 남자의 모습.

스파게티 맨(수수께끼의 남자)이 바로 그곳에 서 있었다.

그리고 조우가 시작되었다.

5

〈스파게티 맨〉의 모습은 역시 똑같았다.

구깃구깃한 양복에 쭈글쭈글한 모자. 굵은 눈썹에 부리부리한 눈. 정면을 바라본 채 미동도 하지 않는 그의 얼굴에는 의도를 읽을 수 없는 옅은 웃음이 떠올라 있었다.

환각이 아니었다. 남자의 발밑에는 점심이 막 지난 한낮의 햇살이 자아내는 그림자가 드리워져 있었고, 남자의 몸에도 확실한 중량감이 있었다.

거리는 눈대중으로 50미터 정도였다.

나는 상대가 어떻게 나오는지 보려고 필사적으로 관찰했다. 싸움은 내 본업이 아니다. 그러나 싸우는 데에는 이골이 나 있었다. 눈앞에 멈춰 서 있는 남자와 비슷한 기묘한 존재, 혹은 능력자들과 싸워서 살아남아왔다. 그렇게 쉽사리 당하지 않을 것이다.

우리집의 위치는 한적한 주택가 한구석으로, 큰길에서 약간 떨어져 있다. 이 가로수길은 평소 같으면 인근 주민들이 개를 데리고 산책을 하거나 조깅을 하는 곳이지만, 이때는 우리 말고 아무도 없었다.

다행이다. 미지의 상대와 싸우는데 주변 사람을 신경쓸 여유는 없다.

그러나 내가 전투 태세를 취하는 것과는 반대로 〈스파게티 맨〉은 아무런 반응도 보이지 않고 그저 그곳에 우두커니 서 있을 뿐이었다.

어떻게 된 거지…?

곧바로 능력을 사용해 적의 습격에 대비하려 했던 나는 상대의 무반응에 어리둥절했다.

남자는 아무것도 하려고 하지 않았다. 그저 그곳에 서 있을 뿐, 꼼짝도 하지 않았던 것이다.

사격 표적도 아니고. 자유롭게 공격해달라고 하는 것만 같은 무방비함.

그러나 나는 곧바로 능력을 발동시키기가 망설여졌다.

지나치게 노골적이다. 상대가 덫을 쳐놨을 가능성이 의심된다.

스탠드— 인간의 정신 에너지가 구상화具象化된 파워를 가진 비전은, 그것을 사용하는 자에 따라 외견도 능력도 달라진다.

이 녀석, 스탠드유저인가…?

스탠드유저 간의 싸움은 자신의 능력을 얼마나 감추고 상대 능력의 정체를 간파할 수 있느냐에 따라 승패가 좌우된다.

내 스탠드 〈헤븐즈 도어(천국으로 가는 문)〉는 대상이 되는 인간을 책으로 만들어 그가 가진 사고와 기억을 읽거나, 혹은 가필할 수 있다. 정보 수집에 능한 타입으로, 공격은 주특기가 아니다. 그러나 능력을 사용하는 방식에 따라서는, 상대가 아무리 강한 파워를 가진 스탠드유저라고 해도 승리할 수 있다고 자부한다.

문제는 사정거리다. 능력을 사용해 남자의 정체를 밝혀내기 위해서는 꽤 가까이 접근할 필요가 있다. 하지만 그 와중에 상대 능력의 영역 내로 들어서버리면 오히려 위기에 빠지게 될 것이다. 적의 능력이 미지수인 상태에서 무턱대고 접근

하는 것은 바람직하지 못하다.

그러나 이대로 교착 상태를 마냥 유지할 수는 없다.

〈스파게티 맨〉이 대놓고 모습을 드러낸 것이다.

나를 상대로 무언가 행동에 나서려는 것이 틀림없다.

옅은 웃음 뒤에 무슨 생각이 숨어 있는 것인지, 그 의도를 꿰뚫어봐야 한다.

아예 눈 딱 감고 사정거리까지 진입을 해볼까.

남자의 모습이 보이게 된 뒤로는 스탠드 능력을 한 번도 사용하지 않고 조심해온 만큼, 분명 〈스파게티 맨〉은 내 〈헤븐즈 도어〉에 관한 정보는 가지고 있지 않을 것이다. 그 허를 찔러 이쪽에서 능력을 발동시키면 된다.

그러나 다음 순간이었다.

갑자기 내 몸이 붕 떴다.

그렇게밖에 표현할 수 없다. 너무나 자연스러운 나머지 무슨 일이 일어난 것인지 순간적으로 파악하지 못하다가 비로소 알아차렸을 때, 나는 이미 〈스파게티 맨〉 쪽으로 끌려가고 있었다.

마치 투척된 공 같았다. 내 몸이 곧장 남자를 향해 날아갔다. 지면이 벽처럼 눈앞에 우뚝 솟아 있었고, 내가 원래 서 있던 위치는 이미 저 멀리 있었다.

손발을 허우적거렸지만 무의미했다. 흡사 내 몸이 남자를 항해 낙하하듯 쭉쭉 날아가며 가까워졌다.

상황이 좋지 않아!

머릿속에 적신호가 켜졌다. 무슨 일이 일어나고 있는지 전혀 알 수 없었지만, 이미 상대의 능력은 발동해 있었다. 지나치게 조심한 나머지 실책을 저질렀다. 이미 적의 술수에 빠져 있었던 것이다. 남자가 모습을 드러낸 그 시점부터 나는 적의 사정거리 안이었다!

"―〈헤븐즈 도어〉!"

나는 순간적으로 능력을 발동시켰다. 그러나 능력의 대상은 〈스파게티 맨〉이 아니었다. 그것은 타이밍 좋게 날아온 한 무리의 까마귀였다.

〈헤븐즈 도어〉는 동물에게도 그 능력을 발동할 수 있다.

"―'키시베 로한을 날라라!'"

그렇게 적은 순간, 까마귀들이 나를 받아냈다.

터무니없는 하중에 까마귀들은 한순간 고도를 낮추었지만, 약간이라도 방향 전환을 할 수만 있으면 그것으로 족했다.

나는 손을 뻗어 새들을 해방하는 동시에 곧바로 가로수의 굵직한 가지를 붙들었다.

내 체중에 굵은 가지가 크게 삐걱거렸다. 그러나 다행히도 부러지지 않고 버텼다. 곧바로 가지를 타고 더욱 굵은 가지로, 그리고 가로수의 줄기 부분까지 도달했다. 어떻게든 남자에게서 발생하는 것이 분명한, 이상한 힘의 작용을 피해 달아날 수 있었다.

그러는 동안 남자는 딱히 추격해오지 않았지만, 다시 한 번 〈스파게티 맨〉의 상황을 살피기 위해 돌아본 순간이었다. 나는 그 기이한 광경을 목격했다.

〈스파게티 맨〉은 여전히 길 한복판에 우두커니 서 있었지만, 어쩌된 영문인지 주변의 가로수란 가로수는 죄다 가지가 기묘한 형태로 구부러져 있었다. 모든 가지 끝이 남자를 가리키는 것 같은 형태로 뻗어 있었다. 지면에 난 풀 한 포기까지, 그 끝은 남자를 향하고 있었다. 그 모든 것이 바람에도 일절 흔들리지 않고, 마치 투명한 실로 묶어 당기고 있는 것처럼 한 방향으로 고정되어 있었다. 이 길에 흡사 〈스파게티 맨〉을 중심으로 투명한 구형 공간이 생성되어 있는 것 같았다.

아마도, 하고 추측을 시작했다.

지금 이 주변 공간에는 남자를 향해 모든 물체가 끌려가는, 그런 이상한 힘이 작용하고 있을 것이다. 하늘과 땅의 방향이 이상해진 느낌이라고 할 수 있을까. 그것은 내가 지금 가로수의 줄기에 수직으로 서 있다는 사실을 보아도 명백하다. 실수로 발을 잘못 디디면 그 즉시 나는 남자를 향해 끌려갈 것이다.

그렇게 생각한 순간이었다. 속주머니에 들어 있던 펜이 한 자루 스륵 빠져나와 떨어졌다. 어떤 힘에 의해 잡아당겨진 것처럼. 그러나 그것을 알아차렸을 때는 이미 늦었다. 펜을 미처 붙잡지 못했고 그것은 그대로 낙하해 남자를 향해 빨려들듯 날아갔다.

어느샌가 남자의 셔츠가 벌어져 있었다. 그러나 그곳에 노출되어 있는 것은 피부가 아니었다. 남자의 흉부, 얼추 심장이 있는 위치에 커다랗고 검은 구멍이 뻥 뚫려 있었던 것이다. 그것은 그동안 봐온 그 무엇보다 시커멨다. 어둠을 응축하고 또 응축한 것만 같은 암흑이었다.

그리고 섬뜩한 사태가 일어났다.

펜이 남자의 바로 곁에 도달한 순간, 그 끝에서부터 순식간에 가늘고 길게 늘어나기 시작했다. 어쩐지 공간이 일그러지는 것만 같은 그 변형 과정을 관찰할 틈도 없이 펜은 점점 더 가늘고 길게 늘어나는 것과 동시에 기묘한 형태로 뒤틀리고 또 뒤틀렸다. 그리고 사라져버렸다.

소실 순간은 목격할 수 없었다.

알아차렸을 때 이미 펜은 완전히 사라진 것이다.

"…과연, 그야말로 스파게티 같군."

아연실색하면서 나는 그렇게 중얼거렸다.

조우자의 유류품이 뇌리를 스쳤다. 스파게티처럼 가늘고 길게 잡아당겨져 이상한 형태로 뒤틀린 잔해. 아마도 운 좋게 소실을 면한 것이다.

그러나 그 소유주들은 모두 이런 식으로 잡아당겨진 끝에 소실되었다.

"오싹한걸… 나도 그렇게 돼버리는 거라면 말이야."

나는 남자의 능력을 확인하기 위해 가지를 하나 꺾어 남자를 향해 투척했다. 모든 물체가 남자를 향해 끌려간다. 빗나갈 리 없다.

역시나 가지는 남자의 바로 곁에 도달한 순간 우직우직하며 잡아당겨졌고, 이윽고 뒤틀리며 소멸했다. 금속에 비해 단단하지 못해서인지 뒤틀리는 와중에 산산조각이 났다.

그렇다면 인간도 비슷할 것이다. 능력이 발동중인 남자의 바로 곁에 도달하면 그것으로 끝, 모든 것이 삼켜지고 만다.

어떤 물체도 탈출할 수 없다니, 마치 블랙홀 같군— 그렇게 생각한 순간, 남자가 가진 능력의 정체에 대한 일말의 깨달음을 얻었다.

그렇다.

이 이상한 현상을 일으키고 있는 힘은 중력이다.

믿기 어려운 일이지만 남자의 흉부에 뻥 뚫려 있는 검은 구멍은 초소형 블랙홀 같았다. 그리고 그것이 발생시키는 중력이 주변 공간에 작용해 모든 것을 빨아들이는 것이다.

그렇게 생각하면 유류품이 이상한 형태로 변형되어 있었던 것도 설명이 된다.

블랙홀 주변에는 이벤트 호라이즌(사건의 지평선)이라고 불리는 영역이 존재한다. 물체가 블랙홀에 삼켜질 때, 조석력潮汐力에 의해 그 끝에서부터 가늘고 길게 잡아당겨지게 된다.

규모는 다를지언정 똑같은 현상이 〈스파게티 맨〉 주변에서 발생한다면, 사실상 대항할 수단은 전무하다. 근거리에서 공격을 하려 해도 블랙홀에 삼켜지고, 원거리 공격도 이벤트 호라이즌이 형성하는 방어층에 의해 완전히 무효화되고 만다. 아연실색할 일이다. 이것이 사실이라면 〈스파게티 맨〉은 스탠드 능력과는 비교도 되지 않는, 훨씬 위험하고 악질적인 존재이다.

〈스파게티 맨〉의 눈에 띄면 끝장이다.

조우하면 그것으로 끝, 달아날 수 있는 부류의 적이 아니다.

그러나 그것은 사전에 알 수 있었다.

〈스파게티 맨〉의 조우자는 모두 행방불명되었다. 누구 하나 달아나지 못했다——

그것은 과장된 도시 전설 같은 것이 아니라 엄연한 사실. 명백히 현실로 일어난 사건이었다.

나는 그 새로운 조우자이자, 예비 실종자였다.

달아날 곳이 없다. 언제까지고 이렇게 나무 위에 서 있을 수도 없는 노릇. 아마도 저것은 표적을 언제까지고 계속 추적할 것이다. 이유는 알 수 없다. 애당초 남자에게 의사 같은 것은 없는지도 모른다.

자신을 발견한 사람을 자동으로 감지해서 접근해온다. 그리고 빨아들여서 삼켜버린다.

이를 테면 살아 있는 초상 현상超常現象, 재해 그 자체라고 해도 과언이 아니다.

어떻게 하면 남자에게서 달아날 수 있을까?

나는 머리를 굴렸다. 지금까지 수많은 스탠드유저나 괴이와 접촉해왔지만, 지금 나와 대치하고 있는 이 상대는 그 이상의 위협이다.

유일한 위안이라고 할 수 있는 것은 〈스파게티 맨〉이 발생시키는 중력이 그다지 강력하지 않다는 것이다.

능력의 성질을 알아차렸기에 망정이지, 그전에 지근거리에서 접촉했더라면 그것으로 끝이었다.

그러나 상대가 모종의 능력을 쓸 것이라 예상해 경계하고 있었던 덕분에 어떻게든 최초의 접촉에서는 위기를 모면할 수 있었다.

그 검은 점과 접촉하면 손쓸 도리가 없겠지만, 거꾸로 말해서 일정한 거리를 유지하면 대처할 수 있지 않을까?

사실 남자가 발생시키는 중력은 일정 수준을 유지한 채 변화가 없다. 나와 남자 사이에 장애물이 있으면 어떻게든 삼켜지지 않고 버틸 수 있다. 그동안 대책을 짜낼 수밖에 없다.

그러나 그것은 허술한 생각이었다.

사방에서 우직우직… 뿌득뿌득… 끼기기… 하는 불길한 소리가 울려퍼지기 시작했다.

"어이 어이…" 나는 자신도 모르게 신음소리를 내뱉고 말았다. "―장난이 아닌데, 이거."

가로수의 휘어짐이 급격하게 커졌다. 가로등이 구부러지고 있었다. 그것들이 소리의 근원이었다. 뿌득뿌득 하는 작은 소리가 계속해서 들려오는 가운데, 가지란 가지마다 이파리가 죄다 뜯어져나갔다.

어느샌가 남자의 수가 불어나 있었다.

꼭 질 나쁜 CG 합성 영상을 보고 있는 것 같았다.

〈스파게티 맨〉이 한 명에서 두 명으로, 두 명에서 네 명으로, 기하급수적으로 남자는 증가하고 또 증가했다. 멈추지 않았다. 먹잇감을 발견하고 잇따라 모여드는 개미떼처럼, 완전히 똑같은 모습의 남자들이 길거리로 집결하고 있었던 것이다.

〈스파게티 맨〉은 모든 시공에 존재하고, 표적을 발견하면 잇따라 모여든다. 누구도 달아날 수 없다― 망상인 줄 알았던 도시 전설에 관한 증언은 어느 하나 할 것 없이 진짜였다.

그리고 그들 모두가 블랙홀을 노출시켜 검은 점을 하나로 합쳤다.

중력이 급격하게 강해지며 주변에 존재하는 모든 것을 빨아들이기 시작했다. 지면 가득 깔려 있던 보도블록이 공중으로 떠올라 남자들에게 날아들었다. 그것들은 증가한 중력으로 인해 살인적이라고 해도 과언이 아닌 운동 에너지를 띠었지만 남자들의 바로 곁에 도달하자 모조리 잡아당겨지고 뒤틀린 끝에 분쇄되었다.

갓길에 세워져 있던 자전거도 같은 말로를 걸었다. 부품이 산산이 부서져 전위 예술 같은 형태가 되어 사라져버렸다. 꽃은 잡아당겨지기 전에 흩어져버렸다.

조금 전에 내가 도움을 받았던 까마귀들도 같은 결말을 맞았다. 날갯짓에서 발생하는 양력으로는, 남자들의 중력으로부터 달아나지 못하고 곤두박질치듯 추락했다. 그리고 믹서에 갈리듯 분쇄되더니 다음 순간에는 사라져버렸다.

더이상 나도 나무줄기에 서 있을 수 없었다. 온힘을 다해 나무줄기를 꽉 붙들고 몸을 밀착시키지 않으면 중력의 우물로 추락할 상황이었다.

남자들의 상하, 전후좌우, 360도 전 방위로부터 모든 물체가 잡아당겨져 그 검은 공동空洞으로 송두리째 삼켜지고 있었다.

더이상 대책이고 뭐고 느긋하게 생각하고 있을 때가 아니었다. 증가 일로를 걷는 중력의 위협, 죽음의 나락으로 추락하지 않을 방법 같은 건 아무것도 떠오르지 않았다.

그러나 과연 언제까지 버틸 수 있을까?

〈스파게티 맨〉의 수는 상상하고 싶지도 않지만 무한하게 불어나는 것 같다.

표적이 된 나를 삼킬 때까지 결코 멈추지 않을 것이다. 지금 내 버팀목이 되어주는 고목이 버틸 수 있는 것은 언제까지일까?

일말의 여유도 없었다.

우지직, 나에게 사형 선고를 내리는 듯한 둔중하면서도 결정적인 소리가 났다.

내 버팀목이 되어주던 고목 아래의 지면에서 굵은 뿌리가 노출되기 시작했다. 분명 몇 백 년이나 그곳에 자리잡고 있었을 고목이 기울기 시작했다. 포장된 길바닥이 갈라지고 부서진다.

하늘과 땅이 뒤집히고 있었다. 〈스파게티 맨〉의 수는 더욱더 불어나서, 더이상 몇 명인지 세는 것도 불가능했다.

그리고 고목이 쓰러졌다.

그 격렬한 충격에 나도 튕겨나갔다.

하늘을 날았다. 시야 한가득 푸른 하늘이 펼쳐졌다. 모리
오초의 전경이 보였다. 아름다운 곳이다. 이보다 아름다운
곳은 얼마든지 있다. 그러나 가장 애착이 샘솟는 곳은 여기,
모리오초다. 그러나 이 풍경도 더이상 볼 수 없을 것이다.

보이지 않는 손이 움켜쥔 것처럼, 내 몸을 〈스파게티 맨〉
들의 중력이 사로잡았다. 맨 처음 마주쳤을 때와는 비교도
되지 않았다. 거의 포탄 같은 속도로 단숨에 낙하했다.

남자들의 모습이 쑥쑥 다가왔다. 그것은 운집한 벌레의 무
리를 연상케 했다. 혹은 새카만 구멍이 모여 있는 것이, 마치
거대한 입만 있는 괴물이 그 입을 벌리고 있는 것처럼 보이기
도 했다.

아무리 발버둥쳐봤자 달아날 수단은 없었다.

그런데도, 마침내 표적이 수중에 들어왔는데도, 〈스파게티
맨〉들의 표정에는 아무런 변화가 없었다. 오히려 이쪽을 보
려고도 하지 않았다.

마치 그들은 거대한 시스템을 구성하는 톱니바퀴에 지나
지 않는 듯했다. 모두가 동일한 규격으로 만들어져, 정해진
동작만을 반복하는 것이다.

나는 떨어지고 있었다.

남자들의 몸, 뻥 뚫린 검은 점을 향해서.

더이상 뭘 어떻게 할 수 없는 상태가 되자, 오히려 이 경험

해보지 못한 신선한 감각에 흥미가 동했다. 잡아당겨지는 감각은 없었다. 그저 자연스럽게 떨어지고 있을 뿐이다. 〈스파게티 맨〉을 향해 곧장.

나는 어디로 영원히 낙하하는 것일까.

그 종착점을 눈으로 보려고 했지만, 그곳에는 그저 시커먼 어둠이 있을 뿐이었다. 블랙홀의 중심은 빛조차 달아날 수 없는 영역이다. 빛조차 탈출이 불가능하다면 그 누구도 탈출이 불가능하다. 거기까지 가면 더이상 달아날 수 없다.

블랙홀에 도달하면 어디로 이어질 것인가?

밀도 무한대의 특이점에서 산산이 뭉개질 것인가, 아니면 웜홀을 경유해 또다른 시공으로 이동하게 될 것인가. 모든 것이 미지의 영역이었다. 웜홀. 황당무계한 SF인 줄로만 알았던 온라인 포럼의 유저들이 추리한 바는 틀리지 않았던 것이다.

마주친 사람 모두가 행방불명되는 도시 전설 〈스파게티 맨〉의 정체는 중력 이상異常의 괴이── 초상 현상이었다. 그것도 엄청나게 골치 아프고 위험한.

그러나 바로 그때였다.

내 뇌리에 번개처럼 사고가 스쳐갔다.

있다.

이 중력에는 무슨 수를 써도 저항할 수 없지만, 그럼에도 살아남을 수단이.

〈스파게티 맨〉들의 정체에 관해 그 온라인 포럼 유저들이 내놓은 답이 만에 하나 옳다면.

스스로를 응원하는 것처럼 나는 말했다.

"──만만히 보지 말라고. 난 '키시베 로한'이다…!"

나는 능력을 발동했다.

허공을 향해 선을 긋는다. 그 순간 스탠드 능력이 발동한다.

"〈헤븐즈 도어〉──!"

스탠드는 정신의 구상具象이다. 힘이 있는 에너지의 형태.

〈헤븐즈 도어〉가 어마어마한 속도로 〈스파게티 맨〉을 향해 돌진했다.

더이상 달아날 수 없는 거리. 그것은 곧 〈헤븐즈 도어〉의 사정거리이기도 하다!

팔락, 하고 〈스파게티 맨〉의 얼굴이 펼쳐졌다. 수많은 단층이 생겨나면서 책의 페이지처럼 변했다. 그리고 그 안에 가득한 상대의 사고와 기억, 그 존재를 구성하는 서술 모두가 보였다.

〈헤븐즈 도어〉는 '상대의 정보를 읽는다'─ 그러나 지금 사용해야 할 것은 또하나의 능력이다. 상대의 정보를 조사하고 느긋하게 대책을 생각할 틈은 없다.

지금 이 순간에도 나는 〈스파게티 맨〉을 향해 계속 낙하중이고, 온몸은 격통에 휩싸였다. 이미 이벤트 호라이즌에 접촉한 〈헤븐즈 도어〉의 몸이, 손이, 발이, 스파게티처럼 가늘고 길게, 인정사정없이, 쭉쭉 잡아당겨지고 있다.

"우, 오오오오오오옷!"

터무니없는 격통이었다. 스탠드가 받는 대미지는 본체에게 돌아온다. 뿌득뿌득, 몸 여기저기가 파괴되기 시작했다.

그러나 이것은 꼭 필요한 부상. 일을 성사시키기 위한 대가다.

스탠드가 산산조각나기 전에 더없이 강력한 화룡점정으로 끝을 내자.

"〈헤븐즈 도어〉어어어!" 나는 피를 토하듯 절규했다. "〈스파게티 맨〉에게 명령한다!! '너는 키시베 로한을 인식할 수 없게 된다!'"

가필은 한 줄이 한계였다.

더이상 추가할 여유는 없었다.

그러나 그것으로 충분했다.

"──〈스파게티 맨〉! 너희가 웜홀을 경유해 모든 정보를 순식간에 동기화하고 있다면, 지금 내가 적은 정보 역시 순식간에 동기화될 거다!"

그리고 소실이 소리 없이 시작되었다.

그토록 수없이 몰려들어 있었던 〈스파게티 맨〉들이 홀연히 모습을 감춰버렸다.

단 한순간에 일어난 일이었다. 이상 중력은 사라지고, 나는 지면으로 내동댕이쳐졌다.

스탠드가 큰 대미지를 입은 까닭에 온몸이 대형 트럭에 치이기라도 한 것처럼 엉망진창이 되었지만, 그래도 살아 있다.

아무래도 황당무계한 이야기를 믿은 것이 정답이었던 모양이다.

〈헤븐즈 도어〉로 정보를 가필할 수 있었던 상대는 한 명뿐이지만, 그 정보는 단숨에 모든 시공의 〈스파게티 맨〉에게 전파되어 재동기화가 이루어졌던 것이다. 그들이 표적의 숨통을 끊기 위해 동료를 불러들이는 수단을 역으로 이용한 전술, 그 결과 그들은 일제히 모습을 감췄다. 누구 하나 키시베 로한이라는 인간을 인식할 수 없게 되었기 때문이겠지.

궁지에서 벗어났다…고 할 수 있을까?

그러나 이때 내가 느낀 것은 생환했다는 안도감보다, 정체를 알 수 없는 무언가와 만나고 말았다는 불쾌감이었다.

조금 더 솔직히 말하자면, 공포를 느꼈다.

〈헤븐즈 도어〉를 사용해 〈스파게티 맨〉의 기억을 봤을 때, 그 정보가 한순간이지만 보였다.

기묘하게도 그 남자의 내면에는 보통 당연히 있어야 할 기억이나 사고에 관한 서술이 거의 없었다. 아니, 분명 글자는 적혀 있었다. 그러나 어떤 내용이 적혀 있는 것인지 하나도 읽을 수 없었던 것이다. 마치 미지의 언어로 쓰여진 것처럼, 의미를 알 수 없는 글자의 나열만이 거기에 있었다.

어떻게든 해독할 수 있었던 것은 단 한마디뿐이었다.

'낚싯밥'.

하지만 그 의미는 알 수 없었다.

그저 등줄기가 오싹해지는 감각만이 느껴졌다.

그리고 의식이 흐릿해지는 와중에 또다시 휴대전화가 울렸지만, 그것을 손에 쥘 여유가 내게는 없었다. 눈앞에는 내가 애용하던 펜이 뒤틀려서 기괴한 오브제가 되어 굴러다녔다. 그것은 수수께끼의 남자가 남긴 유일한 작별 선물이었다.

6

"──그렇게 난 〈스파게티 맨〉과 마주치고도 생환했어."

좀처럼 믿기지 않겠지, 라고 이야기를 마무리한 로한은 아이스커피를 입으로 가져갔다. 얼음이 다 녹아 거의 맹물 같은 맛이 된 바람에 한 잔을 추가로 주문했다.

가브리엘은 여전히 굳은 얼굴로 테이블 위에 놓인 스케치북을 내려다보고 있었다. 그럼으로써 로한이 한 이야기의 진위 여부를 확인이라도 할 수 있는 것처럼.

〈스파게티 맨〉과 조우한 뒤로 로한은 오히려 그 정체에 더욱 흥미가 동했다. 연구 포럼의 유저들은 새로운 동료를 환영했다.

그렇게 〈스파게티 맨〉과 관련된 정보 수집을 얼추 마치고 슬슬 작품을 하나 그릴 수 있겠다 싶었던 바로 그때였다. 가브리엘이 〈스파게티 맨〉의 초상화 작업을 의뢰해온 것은.

"선생님은 정말로 〈스파게티 맨〉과 조우하고도 생환하셨군요."

이윽고 가브리엘이 정중한 어조로 말했다. 그것은 꼭 미술품을 꼼꼼하게 감정한 끝에 진품임을 인정하는 듯한 태도였다.

"당연하지. 아니면 난 지금 이 자리에 없었어."

"터프하시군요, 선생님은."

가브리엘이 눈을 깜빡거렸다.

"좋은 소재를 발견했어. 만화가로서는 만만세지."

그러면서도 로한이 애써 가벼운 어조로 말하는 것은, 그 〈스파게티 맨〉들에게서 느꼈던 정체를 알 수 없는 으스스함이 아직도 기억에 생생하게 남아 있기 때문이었다.

그뒤로 〈스파게티 맨〉이 로한 앞에 나타나는 일은 없었다.

그래도 〈스파게티 맨〉의 도시 전설에 관한 정보는 갱신되고 있다. 다시 말해 녀석들은 활동을 계속하며 새로운 표적을 지금도 찾고 있다는 것이다.

그렇다. 과연 녀석들은 진짜로 의사意思를 가지고 있었던 것일까.

로한은 새로 나온 아이스커피에 우유와 시럽을 따랐다. 유리잔 속에서 일렁이며 모든 것이 하나로 섞이기 시작했다.

그 이상한 중력의 괴이는 재해라고 불러야 마땅하다. 거의 자동적으로, 자신들의 모습을 발견한 사람에게 접근해 웜홀로 송두리째 삼켜버리는 재해.

그럼 녀석들의 정체는 무엇일까?

생환했기 때문에 더더욱 그 마지막 조각만은 손에 넣지 못했다. 그것은 어쩔 수 없었다.

로한은 테이블 위에 놓인 펜의 잔해를 집어들었다. 만약 그대로 〈스파게티 맨〉에게 완전히 삼켜졌다면 어디로 도달했을까.

그 시커먼 구멍은 아득한 우주 저편으로 통했을까. 수백만 광년 저편에 펼쳐진 우주를 바로 눈앞에서 볼 수 있었을지도 모른다. 아니면 전혀 다른 물리 법칙이 지배하는 별 시공으로 내동댕이쳐졌을까.

상상의 나래는 끝나지 않는다. 그러나 더이상 그 진실을 확인할 방법은 없다.

그렇기 때문에 더더욱 로한은 가브리엘의 의뢰를 수락했던 것인지도 모른다.

　"그래서, 당신은 무슨 목적으로 내게 접근한 거지?"

　어쩌면, 이라고 로한은 생각했다.

　이 남자는 〈스파게티 맨〉에 관한 모종의 정보를 가지고 있는 것이 아닐까. 그래서 내게 접근한 것은 아닐까.

　"─첫번째로 선생님의 안부를 확인하기 위해서였습니다."

　가브리엘은 잠시 침묵했다가, 천천히 입을 열었다.

　"〈스파게티 맨〉과 조우하고도 살아남은 사람은 지금까지 한 명도 존재하지 않았거든요. 실제로 만나뵙기 전까지는 선생님이 살아남으셨다는 사실을 믿을 수 없었습니다."

　"하지만 난 생환했어."

　"정말 기적적인 일이라고 생각하고 있습니다. 저희가 보호하려고 했던 사람들은 모조리 〈스파게티 맨〉에게 납치되고 말았거든요."

　"보호하려고 했다. ─과연, 나한테 전화를 건 사람은 당신이었군."

　"…예." 가브리엘이 쓴웃음을 지었다. "알고 계셨던 건가요."

　"처음에는 〈스파게티 맨〉인 줄 알았지. 하지만 녀석들은 한마디도 하지 않았어. 마지막까지 한마디도 말이야. 그리고 방금 그 얘기를 듣고 겨우 납득이 됐어. '지금, 어디 있습니까?'라는 질문은 내 위치를 물어본 게 아니라 〈스파게티 맨〉이 지금 어디 있냐는 거였군."

"맞습니다." 가브리엘이 답했다. "저희는 선생님이 새로운 조우자가 되기 직전이라는 정보를 그 시점에서 입수했지요. 경우에 따라서는 선생님을 보호하기 위한 대처 팀이 움직일 예정이었습니다."

아무래도 거기까지는 알아차리지 못했지만, 가브리엘의 입장에서는 〈스파게티 맨〉에게서 달아나기는커녕 적극적으로 다가가는 모습이 필시 기묘하게 보였을 것이다.

"당신 대체 정체가 뭐야?"

"소개가 늦었습니다. 저는 어느 재단에 소속된 에이전트(조사원)입니다."

가브리엘은 또다른 명함을 내밀었다.

종이 재질은 똑같지만, 거기에 인쇄된 글자는 전혀 달랐다.

"─SW(스피드왜건)재단 초상 현상 대책 부문"이라고 읽는 로한. "과연, 이게 당신의 정체군."

스피드왜건 재단은 미국에 본거지를 두고 있는 거대한 과학 재단이다. 로한도 지인을 통해 들은 정보일 뿐이지만, 로한이 가지고 있는 이능異能─ 스탠드 능력에 관해 연구하는 부문도 있다고 한다.

"마치 속이는 듯한 모양새가 되어 죄송합니다."

"왜 초상화 의뢰 같은 성가신 거짓말까지 하면서 접촉해 온 거지?"

"아니, 그것도 진짜 의뢰입니다. 선생님은 능력을 발동시킨 〈스파게티 맨〉의 모습을 목격하셨습니다. 그리고 선생님의 탁월한 묘사 능력이라면, 지금까지 완전히 미지의 존재였던 그들의 실제 모습을 극명하게 그려낼 수 있으리라 판단했지요."

"—다시 말해 당신이 나한테 접촉해온 건 지금까지 얻을 수 없었던 〈스파게티 맨〉에 관한 정보를 손에 넣기 위해서인가?"

"예, 조우자 중 생환한 사례는 선생님뿐이니까요."

"그럼 이것저것 캐묻고 싶겠군. —날 구속할 건가?"

"당치도 않으신 말씀을." 가브리엘은 곧바로 로한의 걱정을 부정했다. "이미 선생님에게서 손에 넣기 힘든 귀중한 정보를 얻었습니다. 선생님의 체험담은 결과적으로 다른 조우자들을 지키는 데에 도움이 될 겁니다. 그에 상응하는 대가를 지불하겠습니다."

"그게 초상화의 보수금 50만 달러라고?"

"선생님의 증언과 스케치는 그만한 가치가 있습니다. 저희 연구의 예측 모델이 옳았음을 증명할 수 있을지도 모릅니다."

그 말에 로한은 느낌이 딱 왔다.

"녀석들의 정체에 관해 알고 있는 건가?"

"…어디까지나 추측 단계에 지나지 않습니다만."

가브리엘은 노골적으로 말끝을 흐렸다. 비밀을 지키고 싶다기보다, 그 정보를 알려주면 로한이 더욱 위험한 상황에 처하게 되진 않을까 염려하는 것 같았다.

그래서 로한은 말했다.

"50만 달러 같은 푼돈엔 관심 없어. 대신 당신들의 정보를 내게 넘기라고. —〈스파게티 맨〉이 대체 뭐야?"

둘은 서로의 눈을 빤히 쳐다봤다. 이윽고 졌다는 듯, 가브리엘이 고개를 숙였다.

"…우주물리학에서 말하는 초끈 이론이라는 개념을 아시는지요?"

"소립자는 점이 아니라 끈의 형태로 이루어져 있다…고 하는 그건가?"

"맞습니다"라는 가브리엘. "그 끈의 존재를 상정할 때, 초끈 이론은 10차원 시공이 필요하다는 결론에 도달했지요. 그리고 〈스파게티 맨〉들을 통제한다고 추측되는 의사의 소유주는 그 10차원 시공에 존재합니다. 우리가 있는 3차원 시공에서는 그 존재의 행동이 현저히 제한되지요. 때문에 우리가

〈스파게티 맨〉이라고 명명하는 존재들을 부려서 우리에게 접촉하려 하고 있습니다."

자신도 모르게 어안이 벙벙한 표정이 되었다.

믿느냐 믿지 않느냐로 말하면, 이해 불가능이라는 것이 솔직한 심정이었다.

그러나 인간 같은 모습의 블랙홀(검은 점)도 존재하는 마당에, 실제로 그런 고차원 시공의 괴물 같은 것이 있다 해도 이상하지는 않다.

"…그건 또, 꽤나 터무니없는 이야기로군."

"마치 온라인 포럼에 적혀 있는 가설 같다고 생각하셨습니까?"

"뭐 그렇지."

"그건 저희가 의도적으로 흘린 정보입니다. 거기 유저들은 자연 발생적으로 생긴 〈스파게티 맨〉의 공동 연구 팀 같은 것으로, 저희도 은밀히 거들고 있지요."

다른 초상 현상에도 대처해야 하는 가브리엘과 재단을 대신해, 부지불식간에 만들어졌다는 모양이다.

"하지만 어째서 그 고차원의 괴물인지 뭔지가 우리에게 쓸데없이 참견해오는 거냐고?"

"그 의도는 알 수 없습니다. 애당초 그들이 우리가 이해할 수 있는 의사를 가졌는지 아닌지도 알 수 없지요. 하지만 그 존재는 실제로 자신의 꼭두각시를 이용해 사람들을 납치하고 있어요. 〈스파게티 맨〉의 정체는 네이키드 싱귤래러티(naked singularity, 벌거숭이 특이점)라고 불리는 웜홀의 입구로서, 그 남자의 모습은 중력의 뒤틀림으로 인한 환영, 인간을 낚기 위한 루어(lure, 인조 미끼)입니다."

"루어…"

그러자 로한은 납득했다.

그래서 '낚싯밥'이었던 것이다.

낚싯밥.

괴물이 낚시하는 모습을 상상해보자. 우리가 살고 있는 3차원 시공은 물속이다. 그리고 괴물이 드리운 낚싯줄은 웜홀이고, 낚싯바늘에 달린 낚싯밥이 〈스파게티 맨〉들인 것이다.

물고기는 루어에 이끌려 낚싯바늘을 문다.

그것이 인간으로 치환된 것뿐이다.

"다시 말해, 〈스파게티 맨〉들은 그 〈괴물〉인가 뭔가의 낚싯밥에 지나지 않는다. 그리고 나는 하마터면 웜홀에 낚여 그대로 다른 차원으로 납치됐을지도 모른다― 그렇게 해석하면 되려나?"

"예"라고 답하는 가브리엘. "선생님이 생환하신 것은 기적이라고밖에 할 수 없습니다."

"…뭔가 하고 싶은 얘기가 있는 듯한 얼굴이로군."

"제 직무는, 〈스파게티 맨〉의 정체 규명을 위한 정보를 모으는 것입니다. 하지만, 개인적으로 선생님에게 드리고 싶은 말씀이 있습니다."

가브리엘은 가만히 로한을 쳐다봤다. 그 눈은 실로 진지했다.

"경고입니다. 로한 선생님. 다음에 그릴 작품은 〈스파게티 맨〉을 소재로 할 생각이라고 하셨는데, 그만두시길 바랍니다. 선생님은 가까스로 그들의 추적에서 벗어나시지 않았습니까. 또다시 그들의 관심을 끌 만한 행위는 삼가셔야 합니다."

과연. 확실히 거짓은 없다. 이 남자는 진짜로 나를 걱정하고 있다. 분명 성실한 사람일 것이다. 자신이 지금까지 구하지 못한 사람들의 몫만큼, 지금 눈앞에 있는 위태로운 생환자를 지키려 하는 것이다.

"…다시 말해, 이 이야기를 그리면, 또다시 괴물에게 찍힐지도 모른다는 거군—"

가브리엘의 충고는 타당했다.

그러나 로한은 만화가다.

때문에 대답은 하나뿐.

"—하지만 말이야, 그럼에도 난 그릴 거야. 그리겠다고 결심한 건, 반드시, 무슨 일이 있어도 그려야 해. 그게 만화가의 일이라는 거 아니겠어?"

로한은 펜을 집어들고 스케치북에 〈스파게티 맨〉의 모습을 새로 그렸다. 그리고 그 페이지를 뜯어 가브리엘에게 건네고는 그대로 자리에서 일어났다.

하늘은 몹시도 파랬지만, 드문드문 보기 좋게 구름들이 떠 있었다. 기분좋은 산들바람이 부는 것이, 야외 활동을 하기에 더없이 좋은 계절을 맞이하고 있었다.

로한은 잠시 인도를 걷다가 문득 발걸음을 멈추고 뒤를 돌아봤다.

모리오초 거리의 풍경이 시야 가득 들어왔다.

한낮의 태양 아래 활발히 움직이는 사람들 사이로, 구깃구깃한 양복에 쭈글쭈글한 모자를 쓰고 덥수룩한 눈썹에 부리부리한 눈을 가진 남자가 서 있었다. 그러나 그는 더이상 이쪽을 바라보시 않고 어딘가 나른 허공을 바라보며 언제까지고 미소 짓고 있었다.

펜을 꺼내 들고 스케치북을 펼쳤다.

그래. 우선 너희를 스케치하는 것부터 시작해볼까.

피의 책갈피

미야모토 미레이

"복어를 먹고 죽어가는 사람을 본 적 있나?"

목제 카운터에 몸을 기대며 키시베 로한은 그렇게 물었다.

윤기 나는 월넛 재질의 카운터는 차분한 분위기의 바를 연상케 했다. 양주병이 죽 진열되어 있고, 단정한 복장의 바텐더가 조용히 유리잔을 닦고 있는— 그런 바를.

그러나 로한이 있는 이곳은 바가 아니라, S시에 있는 도서관이다. 기대고 있는 곳도 바 카운터가 아니라 도서 대출 창구였고, 이야기 상대도 바텐더가 아니라 사서였다.

하다못해 단정한 복장 정도는 차려입고 있었다면 좋으련만, 유감스럽게도 그것조차 아니었다. 여성 사서는 젊어 보였지만 아무렇게나 자란 머리카락이 부스스하게 뻗쳐 있었고, 물림쇠가 느슨해진 것인지 안경도 비뚜름했다. 목 부근에 셔츠 목깃도 너무 많이 씻어 흐물흐물한 마른오징어처럼 늘어져 있었다.

"네에?"

칠칠치 못한 것은 외모뿐만이 아니었던 모양으로, 대답도 칠칠치 못했다.

그러나 로한은 내심 '그렇게 나와야지' 하고 감탄했다. 이렇게나 절도 없는 모습에 대답만은 빠릿했다면 오히려 재미없었을 것이다.

그렇다고는 해도.

재미와 호감은 별개의 이야기이다.

로한이 평소에 이용하는 도서관은 모리오초 도서관이다. 그러나 그곳에 찾는 책이 없어서 오랜만에 S시 도서관까지 발걸음하게 되었다. 그 사이 직원의 면면이 바뀌었다고 해도 이상할 것은 없지만, 하필 이런 흐리멍덩한 사서를 고용하다니. 하지만 다른 직원이 보이지 않아 그녀에게 말을 걸 수밖에 없었다.

"아니 그러니까, 복어를 먹고 중독돼서 죽어가는 사람 말이야. 복어는 내장에 독이 있잖아? 그 독에 중독된 사람을 본 적 없는지, 그걸 물어본 거야."

"흐음, 만화가 선생님이라 그런지 이상한 데에 관심을 가지시네요."

"……? 날 알고 있나? 자기소개를 한 기억은 없는데."

"저도 그런 기억은 없지만 그 정도는 알아요. 예엣~날 신년특대호『소년 점프』표지에 사진이 실려 있었거든요. 만화가, 키시베 로한. 혈액형은 B형. 출신지는 여기, S시. 대표작은『핑크 다크 소년』이고…"

"…알았어. 이제 됐어. 내가 듣고 싶은 건 내 개인 정보가 아니라 복어 독에 중독된 사람에 관한 이야기거든…"

키시베 로한은 일류 만화가이다. 사서가 거론한『핑크 다크 소년』은 전 세계 만화 팬들의 사랑을 받고 있다. 그 인기 요인은 헤아릴 수 없이 많지만, 우선 뭐니 뭐니 해도 개성 넘치는 강렬한 캐릭터. 그리고 절로 따라 하고 싶어지는 명대사나 의성어, 의태어 등을 들 수 있을 것이다. 그러나 그 무엇보다도 중요한 것은 이들을 뒷받침하는 〈리얼리티〉이다.

로한 본인이 눈으로 보고 몸으로 체험한 것들을 그려냄으로써,『핑크 다크 소년』은 극상의 엔터테인먼트 작품으로 완성됐다. 주인공이 무시무시한 적을 상대하면 그 박력에 독자는 소름이 돋고, 요리가 등장하면 냄새는 말할 것도 없고 맛까지 느껴진다. 캐릭터는 허구의 존재가 아니라 동경의 대상이 되고, 독자의 삶마저 바꿔버린다. 그 정도의 〈리얼리티〉가 담겨 있는 것이다.

복어 독의 〈리얼리티〉도 그렇다.

복어의 간을 먹고, 혀로 독의 맛을 느끼고, 내장이 마비되는 느낌을 체험하고 싶다고 로한은 생각했다. 수조 속을 둥실둥실 헤엄치는 복어를 눈앞에 두고 한 시간 가까이 고민도 해봤다.

그러나 복어 독은 해독제라고 할 만한 것이 존재하지 않다 보니 치사율이 극히 높다.

로한은 포기할 수밖에 없었다. 〈리얼리티〉를 얻기 위해서라면 어떤 위험도 마다하지 않겠지만, 죽어서야 곤란하다. 만화를 그릴 수 없게 되기 때문이다.

"뭐, 복어 독에 중독되는 사람이 그렇게 흔한 것도 아니고 사실 나도 별 기대는 안 했어. 그래서 오늘은 다른 방법으로 조사를 해보기로 했지."

"다른 방법이라니… 전갈이나 뱀 같은, 그러니까 복어 독 말고 다른 독에 고통받는 사람을 보고 싶으시다는 건가요? 로한 선생님도 참, 사람이 고약하시다~"

두꺼운 안경 너머로 사서가 짓궂은 웃음을 지었다.

로한의 눈이 가늘어졌다. 수상쩍은 것을 보는 눈으로 그는 말없이 생각했다. 역시 이 사서는 내가 싫어하는 타입의 인간 같다. 대화를 계속할 것인가, 말 것인가. 이대로 발걸음을 돌려 자리를 뜨는 것이 정답 아닐까, 라고.

그냥 별다른 목적 없이 도서관에 들렀을 뿐이라면 그렇게 했을 것이다. 그러나 그럴 수는 없었다. 로한에게는 무슨 수를 써서든 읽어야 하는 책이 있었다.

"천만에. 내가 보고 싶은 건 어디까지나 복어 독 때문에 고통스러워하는 사람이야. 다른 독에 죽어가는 사람은 아무리 봐도 의미가 없거든."

로한은 바지 주머니 안을 뒤져 메모지를 꺼냈다.

그리고 젖은 것처럼 번들번들한 카운터 위에 올려놓고 밀어서 사서 쪽으로 보냈다.

그녀는 안경다리를 손끝으로 쥐고 카운터에 엎드리다시피 하며 메모지를 보았다.

"뭐죠 이건. 어디 보자… 『하돈*식河豚食의 유혹』…?"

"복어의 역사는 오래됐거든. 먼 옛날 조몬시대의 조개 무덤에서도 복어의 뼈가 나왔을 정도야. 그 당시엔 아직 복어에 독이 없었던 건지… 아니면 사망자가 나와도 먹는 걸 그만둘 수 없을 정도로 맛이 있었던 건지, 그건 알 수 없지만… 적어도 중세 무렵의 복어는 독이 있었나보더군. 복어 무서운 줄 모르고 먹다가 중독된 시골 사무라이들이 워낙 많다보니 토요토미 히데요시가 복어 먹는 걸 금지했을 정도니까 말이야. 이후 메이지시대 들어 제대로 된 요리법이 보급될 때까지, 이 나라에서 복어를 먹는 건 터부taboo였다고 할

---

* 참복과에 속하는 바닷물고기를 통틀어 이르는 말. 가시복, 검복, 밀복, 황복 등이 있다.

수 있지."

"네에."

사서의 대답은 노골적일 정도로 관심이 없다는 투였다. 복어의 역사 따위 알 바 아니라는 것인지, 건넸던 메모지로 종이접기를 시작해 이제 막 개구리의 몸통에서 다리가 나오려는 참이었다.

"하지만… 금지된 건 매력적으로 느껴지기 마련이지. 금주법 시대의 알코올 같은 게 좋은 예야."

완성된 개구리가 꾸벅꾸벅 인사를 해왔다. 로한은 무시했다.

"복어도 예외가 아니었거든. 먹지 못하게 금지된 뒤로도 어떻게든 먹겠다는 도전자들이 있었지. 물론 털썩털썩 쓰러져가면서 말이야. 하지만 아주 무의미한 죽음은 아니었어. 어떻게 하면 무사히 복어를 먹을 수 있는지, 도전자들은 계속해서 기록했지. 먹을 수 있는 복어와 먹을 수 없는 복어의 차이는? 구워먹으면 괜찮을까, 끓여먹으면 괜찮을까? 독은 어느 부분에 있으며, 어떻게 하면 제거할 수 있을까? 하고 말이야. 그들은 용감했어. 복어를 먹는 것을 단념한 사람 중 한 명으로서 경의를 표할 따름이야."

엉덩이 부분이 튕겨져 카운터 위를 폴짝폴짝 뛰는 개구리의 머리를 로한은 손가락으로 눌렀다.

"그리고 그 기록이 바로 『하돈식의 유혹』이지. 기록에는 독의 증상도 포함되어 있는데, 초기 증상부터 말기에 이르기까지의 경과가 도전자 본인에 의해 조목조목 적혀 있는 모양이야. 복어 독은 중독 증상이 시작되면 우선 구강이나 손끝이 마비되나보더라고. 마비는 이윽고 온몸으로 퍼지고, 내장도 마비돼 호흡 부전에 빠지게 돼… 그 과정에서 어디가 어떻게 아픈지. 난 그게 알고 싶어."

"하돈식, 유혹… 그런 책이 요즘 나왔던가요?"

"아니. 간행된 건 메이지 중기야. 그뒤로 재판된 적 없어."

"에엥… 귀중본이잖아요~"

"보통 희귀본이라고 하지. 그리고… 알겠지? 그렇게 희귀한 책을 찾고 있는 내가 특별히 도서관까지 온 의미를."

"우웨엑."

사서가 속을 게우는 것 같은 소리를 냈다.

"폐가 서고를 열라는 건가요?"

로한은 두 차례, 고개를 위아래로 끄덕였다.

―도서관의 책은 크게 나누어 두 종류가 있다.

하나는 도서관 이용자가 언제든지 이용할 수 있는 책. 또 하나는 고가이거나, 희소성 등의 이유로 엄중하게 관리되고 있는 책. 폐가 서고란 후자에 속하는 책을 보관하는 곳을 가리킨다.

"싫어요, 귀찮단 말이에요~…"

"어이 어이. 그런 건 보통 마음속으로 생각은 해도 입 밖으로 내지 않는 거 아닌가? 도서관 이용자가 찾는 책 정도는 기꺼이 가져다달라고."

그녀는 토라진 것처럼 입술을 삐죽거리며 서랍 속에서 열쇠 꾸러미를 꺼냈다. 쇠붙이 냄새가 느껴지는, 새카만 열쇠들. 절그럭 하는 소리와 함께 그것이 카운터 위에 놓였다.

"여기요. 검은 게 폐가 서고 열쇠예요."

"어이 어이 어이 어이. 전부 검은색이잖아? 아니 그보다— 나더러 직접 찾으라는 거야?"

"하지만… 위층에 가는 거 귀찮단 말이에요… 휴우…"

사서가 한숨을 쉬었다.

그녀는 몇 초 동안 로한을 쳐다보는가 싶더니, 곁눈질하며 다시 한번 한숨을 쉬었다. 깊고, 길고, 밉살스럽게.

그것이 로한의 짜증을 돋우기 위한 퍼포먼스였다면 대성공이라 해도 과언이 아니다. 그는 명백히 울화가 치밀었으니까. 이곳이 도서관만 아니었더라도 버럭했을 것이다.

"어이 어이 어이 어이 어이 어이 어이. 이건 꼭 내가 화라도 내면서 돌아가길 기대하는 것 같잖아. 분명히 말해두지만 자료를 보여줄 때까진 돌아갈 생각이 없으니 그렇게 알라고."

"그럴 리가요~ 귀찮은 것뿐이거든요. 게다가, 보세요—"

주변을 잘 보라는 것처럼 사서가 양팔을 벌렸다.

"보시다시피 저 말고 다른 직원들은 전부 휴가중이거든요. 한 명밖에 없는 직원이 자리를 비울 수는 없잖아요, 네?"

"뭐 어때서 그래. 책을 빌리려는 사람들이 줄 서 있는 것도 아니고. 텅 비었…잖…아."

로한은 주변을 둘러보며 말꼬리를 흐렸다. 입을 열기도 계면쩍을 정도로 관내는 한산했다.

책상에 엎드려서 낮잠을 자는 노인이나, 노트를 펼쳐놓고 공부를 하는 학생은 있어도, 책과 진지하게 마주하는 사람은 찾아볼 수 없었다.

"…진짜 텅 비었군. 한동안 와보진 않았는데 그 사이에 이상한 소문이라도 돌았나? 뭐 유령이 나온다든가 말이야."

"오, 잘 아시네요."

가벼운 어조로 돌아온 사서의 맞장구에, 두리번두리번 주변을 둘러보던 로한의 움직임이 멈췄다.

눈만을 그녀에게 향하며,

"…나오나? 유령이."

"아뇨, 유령 말고요. 이상한 소문요. 누가 퍼뜨린 건지…"

사서가 카운터 위에 놓여 있던 책갈피를 손끝으로 쥐었다.

도서 출납 시 배포하는 것 같은 책갈피에 S시의 로고가 그려져 있었다.

"요즘 저희 도서관 장서에 묘한 책갈피가 끼워져 있다, 그런 소문이 돈대요. 그리고… 그 책갈피를 발견하면 불행해진다나 뭐라나."

"불행…? 가위바위보를 해서 이길 수 없게 된다든가, 집에 불이 난다든가?"

"글쎄요? 구체적인 내용은 저도 잘. 그냥 불행해진다는 것밖에… 하지만 저희 도서관에 오던 사람들은 그걸 믿는 것 같아요. 그 결과로 보시다시피… 이렇게 됐어요."

사서가 책갈피 끝으로 관내를 가리키며 지휘봉이라도 휘두르는 것처럼 빙빙 돌렸다.

"직원들도 모두 기분 뒤숭숭하다고 휴가들을 내는 통에. 저 혼자 창구를 보라니 진짜 너무하는 거 아니에요? 귀찮아, 정말…"

"흐음… 옛날에 불행의 어쩌고 하는 게 유행했었지? 불행의 편지인가 불행의 메일 같은."

이것을 받은 사람은 기한 내에 정해진 수의 사람에게 퍼뜨리지 않으면 불행해진다, 그런 흔해빠진 도시 전설이었다. 편지에서 메일로, 메일에서 SNS로, 내용이나 형식은 달라지면서도 사람들 사이에서 은근히 계속되고 있는.

"불행의 편지와는 다른 것 같은데요. 그건 구체적으로 이래라저래라 지시가 적혀 있잖아요. 소문의 책갈피에는 아무것도 적혀 있지 않은 모양이에요. 다만——"

사서가 속주머니에서 빨간색 마커를 꺼내 그 끝을 책갈피에 대고 문질렀다.

"〈붉다〉고 해요. 글자도 그림도 없이 그저 〈붉다〉고…"

S시의 로고 마크가 붉게 덧칠되기 시작했다.

"…으음…"

입가에 손을 대고서, 로한은 사서의 손에 있는 책갈피를 빤히 쳐다봤다.

"불행의 책갈피… 아니 〈붉은 책갈피〉라. 어느 쪽이든 간에… 재밌을 것 같긴 하군."

"…후훗."

사서가 빙그레 웃음을 지었다.

"누가 만화가 아니랄까봐. 왕성도 하셔라, 그 호기심 참."

"뭐 그렇지. 그 책갈피인가 뭔가를 찾아보고 싶어졌어."

"그럼——"

"그래. 당신이 가서 『하돈식의 유혹』을 찾는 동안 나는 책갈피를 찾아보지."

"앗, 뭐예요. 결국 제가 가서 찾아야 하는 건가요…"

무언가 기대하는 것 같았던 사서의 미소가 낙담으로 바뀌었다.

"휴—우우우… 알았어요, 알았어. 갔다오면 되잖아요."

열쇠 꾸러미와 메모지로 접은 개구리를 난폭하게 그러쥔 사서가 카운터를 뒤로했다.

그녀는 불만스러운 것처럼 절그럭절그럭 열쇠 소리를 내며 낡은 나선 계단을 향해 걸어가는 것이었다. 로한은 어이없어하며 그 뒷모습을 쳐다봤다.

S시 도서관은 1층에 문학 작품, 2층에 전문서가 비치되어 있고, 폐가 서고가 있는 곳은 3층—— 최상층이다. 낡은 목조 건물을 개축한 만큼 엘리베이터 같은 대형 설비는 없다.

나선 계단 주변은 3층까지 뚫려 있어 1층에서도 계단을 올라가는 사서가 보였다. 검지손가락으로 열쇠 꾸러미를 돌리며 느릿느릿 이동하고 있었다.

그 모양새를 보아하니 제법 시간이 걸릴 듯했다. 로한은 그녀에게서 시선을 떼고, 책갈피를 찾기 위해 서가로 향했다.

어디서부터 시작해볼까.

무턱대고 찾아봤자 소용없으리라는 생각에, 로한은 끝에서부터 순서대로 관내를 돌아보기로 했다.

도서관 1층의 인테리어는 비늘판 붙임식 목재로 통일되어 있다보니, 현관 로비에 설치된 도서관 이용자를 위한 단말기나 자료 검색용 컴퓨터는 장소와 어울리지 않고 따로 노는 느낌이었다. 도서관 측도 그것을 신경쓰고는 있는지, 하다못해 케이블만이라도 테이프로 숨기는 등 배선에 고심한 흔적을 볼 수 있었다.

사진집이나 예술 관련 서가에서 로한은 화집을 중심으로 훑어봤다. 『마크 로스코*』를 발견하고 그만 책갈피는 깜빡 잊은 채 몰두하기도 했다.

거기서는 책갈피를 찾지 못한 로한이 옆 책장으로 이동했다. 청년층이 좋아하는 코너였다.

S시 도서관은 공영 도서관치고는 드물게 만화 장서가 충실하다. 만화 카페나 대여 서비스를 이용하지 않고도 만화를 공짜로 읽을 수 있다. 도서관 이용자로서는 고마울 것이다.

그러나 만화 장서의 충실함에 불만을 품는 만화가도 있다.

도서관은 사람의 호기심이 쌓이는 곳이다. '알고 싶다'는 사람들의 바람에 부응하기 위해 도서관은 책을 사들여 그들에게 빌려준다. 로한도 그 혜택을 보는 사람들 중 하나다. 그러나 독자가 만화를 사지 않고 도서관에서 보게 되면 만화가의 수입이 끊기고 만다. 그것을 우려해 만화책 대여를 자제해달라고 호소하는 만화가도 있다고, 로한도 들은 적이 있다.

그게 누구 이야기였더라.

동업자의 이야기라고는 해도 관심이 별로 없어 로한은 금

---

* Mark Rothko, 1903~1970년. 러시아 출신의 미국 서양화가. 추상표현주의의 대표적인 예술가로, 거대한 화폭에 단순한 사각형의 색면을 칠한 판화로 유명하다.

세 생각하기를 그만두었다. 그런 것보다 책갈피를 찾기 위해 눈앞의 만화를 대충 훑어보고 있노라니,

"뭐해ㅡ 빨랑빨랑 페이지 좀 넘겨봐."

"아ㅡ 아직 다 못 읽었으니까 기다려 좀."

아이들의 목소리가 들려왔다.

책장 근처에 아무도 없는 줄로만 알았던 로한의 생각과 달리, 어린 형제 둘이 독서 공간에서 만화를 읽고 있었다.

"얼른 읽으라니까. 다른 사람이 와서 먼저 빌려가면 어떡해. 그럼 다음 내용을 못 읽잖아."

"괜찮아. 『핑크 다크 소년』은 잔뜩 있잖아."

깜짝 놀란 로한이 두 아이를 힐끗 보았다.

"바보. 잔뜩 있어도 한 권 한 권 내용이 다르단 말이야. 따로따로 나눠진 얘기지만 쭉 이어진다니까."

"따로따로 나눠졌지만… 이어져?"

"아 진짜… 설명하기도 귀찮네. 잔말 말고 빨랑 읽어. 아니면 집에 빌려가서 읽을래?"

"엥ㅡ 여기서 좀더 읽고 갈래. 한 명이 다섯 권밖에 못 빌리잖아."

"둘이서 열 권… 용돈이 있으면 서점에서 살 텐데…『핑크 다크 소년』은 권수가 많아서 우리 용돈으로는 못 사니까 말이야."

"그러게. 엄마가 용돈 더 줬으면 좋겠다."

그러더니 두 아이는 독서를 재개했다. 〈붉은 책갈피〉의 소문을 모르는 것일까, 아니면 신경쓰지 않는 것일까. 두 아이는 즐겁게 『핑크 다크 소년』의 세계에 몰두하고 있었다.

"……"

로한은 책장에 등을 기댄 채 두 아이를 훔쳐봤다.

저 형제는 아무런 대가를 지불하지 않고 『핑크 다크 소년』을 독파하려 하고 있었다. 만화책 대여를 우려하는 어느 만화가의 심정을 로한도 약간 알 것 같은 기분이 들었다. 이런 상황이 더욱 심화되면 수입이 끊기고 굶어죽기를 기다리는 수밖에 없게 된다.

로한은 다시 한번 도서관을 둘러봤다.

책갈피의 소문 탓에 한산해지고 만 관내를.

도서관을 이용하면 불행해진다. 아주 좋다. 멋진 소문이 아닌가. 공짜로 만화를 읽으려고 하는 녀석들은 얼마든지 불행해지라지. 도서관 따위 망해버리라지. 그런 원한 어린 생각을 하는 녀석들도 있을 것이다.

그러나 키시베 로한은 그렇지 않다.

로한 역시 굶어죽는 것은 곤란하다. 만화를 그릴 수 없게 되기 때문이다.

그러나 만화를 그릴 수 있어도 그것을 아무도 읽어주지

않는다면 죽는 것과 다를 바 없다.

만화란 애당초 누군가가 읽어주는 것을 전제로 그리는 것이다. 아무리 신기한 소재를 찾아내 〈리얼리티〉를 쏟아부어도, 독자의 눈에 들지 않으면 아무런 의미도 없다.

로한은 두 아이의 독서를 방해하지 않도록 발소리를 죽이며 천천히 그 자리에서 벗어났다.

독서 공간에서 충분히 멀어진 것을 확인하고 로한은 발걸음을 재촉했다.

〈붉은 책갈피〉를 찾아내겠다는 그의 의지가 아주 조금 강해져 있었다.

그나저나.

역사 코너에서 시대물을 뒤적이며 로한은 생각했다.

대체 이 도서관에는 몇 권의 책이 있을까. 1층만 해도 수만 권. 2층이나 3층까지 포함하면 20만 권은 되지 않을까. 그 모든 책을 펼쳐보며 확인하는 것은 현실적인 방법이 아니다. 그렇다고 해서 펼쳐보지 않고 겉으로만 책갈피가 끼워져 있는지 확인하면 놓치고 지나칠 가능성이 크다.

효율적인 방법을 떠올리지 못한 채, 로한은 소설을 책장에 다시 꽂았다.

그대로 발길을 돌리려다가, 천장에 매달린 안내판을 발견했다.

안내판에는 서로를 향해 웃는 곰과 토끼의 일러스트와 더불어, '즐겁게 놀아요'라고 적혀 있었다. 어린이를 위한 공간의 안내판이었다.

그림책에 책갈피가 끼워져 있을 것 같지는 않았지만, 바로 옆이기도 하니 로한은 한번 들러보기로 했다.

'즐겁게 놀아요' 안내판 아래로 어린이를 위한 광장이 펼쳐져 있었다.

로한의 허리 높이 정도밖에 되지 않는 미끄럼틀이나, 컬러풀한 나무 블록, 폭신해 보이는 주사위 형태의 쿠션이 나무 울타리에 둘러싸인 채로 나뒹굴고 있었다. 평소라면 여기서 아이들이 놀고 있었을 것이다. 그러나 책갈피의 소문 때문인지 지금은 누구 하나 노는 모습을 찾아볼 수 없었다.

책장의 라인업을 훑어보자 귀여운 서체로 적힌 제목들이 눈에 띄었다. 대부분이 그림책이나 그림 연극이었다.

그러나.

"⋯⋯?"

혹시 잘못 본 것이 아닌가 하고 다시 한번 확인했다.

발랄한 색채의 그림책 사이에 삼끈으로 철한 진한 연두색의 화서和書*가 섞여 있었다.

제목은 『하돈식의 유혹』. 로한이 사서에게 부탁한 희귀본이었다.

역시 잘못 본 것이 아닌가 하고 로한은 눈을 비볐다. 그러나 눈꺼풀이 얼얼할 만큼 비비고 다시 봐도 『하돈식의 유혹』은 여전히 그 자리에 있었다.

"이게 왜 이런 데…?"

자신도 모르게 중얼거리며 로한은 자문했지만, 답은 나오지 않았다.

"로한 선생님~"

책장의 모퉁이 쪽에서 터벅터벅 발소리가 다가왔다. 사서였다.

"죄송해요~ 복어를 먹는 방법이 어쩌고저쩌고 하는 책은 폐가 서고에도 없던데요~"

"아니… 있어. 여기."

"네에?"

사서가 얼빠진 소리를 내더니 로한의 시선을 좇았다. 그리고 곧 『하돈식의 유혹』을 발견하고 그와 마찬가지로 눈을 깜

---

* 일본 전통 방식으로 만든 책.

빡거렸다.

"에엥, 이게 왜… 그렇게 찾아도 없던 게~…"

이럴 리가 없다는 투로 중얼거리며 거칠게 책을 그러쥐었다.

"우와아아… 진품이다~"

"이봐… 희귀본을 다룰 때는 좀더 조심해야지. 장갑을 낀다든가 말이야~"

"아니, 하지만 이거 엄청 낡아빠졌는데요. 그렇게 정성껏 다룰 필요 없지 않나요?"

"낡아빠진 책이 더이상 낡지 않게 보전하는 것도 사서의 책무잖아… 그만 됐으니까 얼른 보여줘."

"네에."

로한은 챙겨온 손가락 캡을 끼고 사서에게서 책을 건네받았다.

『하돈식의 유혹』에는 로한이 기대했던 기록이 적혀 있었다.

특히 흥미를 자극한 것은 복어를 먹기 위해 목숨을 건 무사의 이야기였다. 무사가 복어를 먹는 것은 서민보다 엄격히 금지되어 있었기 때문에, 더욱 신중하게 윗전의 눈을 속일 필요가 있었다.

당시에는 그 독에 대한 대책도 없어 일단 중독되면 틀림없이 목숨을 잃었기 때문에, 복어는 '철포鐵砲*'라고도 불렸다. 그야말로 목숨을 건 러시안룰렛이 따로 없었던 것이다.

어째서 무사는 그 정도까지 위험을 무릅써가며 복어를 먹은 것일까. 결국 그는 손발의 마비를 느낀 순간 주군에게 폐를 끼치지 않게 자결한 모양인데⋯

고개를 끄덕이며 로한은 계속해서 페이지를 넘겼다. 그러나.

"⋯어이 어이 어이."

책의 절반 정도 지점에서 로한은 신음했다.

"뭐야⋯ 이거?"

"그러니까 제가 뭐랬어요, 낡아빠졌다고 했잖아요."

―그것 보라니까. 사서의 목소리에서 그런 뉘앙스가 느껴졌다.

로한이 손끝으로 쥔 페이지가 묘하게 두꺼웠다. 페이지와 페이지가 붙어 있었던 것이다. 그것도 일부만 붙어 있는 것이 아니라, 페이지 전체가.

"책이 낡아빠진 것과 페이지가 붙어 있는 건 별로 관계가 없을 것 같은데 말이야."

"그럼 재단 미스일지도요."

"재단 미스로 봉철이 된다면 또 몰라도 페이지끼리 들러

---

* 대포, 소총 따위를 통틀어 이르는 말.

붙어 있는 건 이상하잖아? 애당초 재단기가 널리 쓰이게 된 건 다이쇼시대 들어서부터야. 메이지시대에 제작된 이 책에 재단기가 사용됐을 것 같지는 않은데."

"그럼 풀이라도 발라서 붙인 건 아닐까요?"

"…뭐 때문에?"

"글쎄요?"

딱히 관심 없다는 듯이 사서가 어깨를 으쓱였다.

그러나 로한은 달랐다. 붙어 있는 이 페이지를 어떻게든 읽고 싶다. 그 일념이 머릿속에서 소용돌이치고 있었다.

단순히 어떤 착오로 붙어 있는 것뿐인지도 모르고, 뜯어 봐도 백지일지도 모른다. 그래도 보고 싶다.

보지 못하게 금지된 것은 역시 매력적으로 느껴지기 마련이다.

"혹시 이거. 뜯어보면 안 될까?"

"안 돼요. 만에 하나 실패해서 책을 못 쓰게 되면 어떡해요."

"방금 전에 그랬잖아? 낡아빠진 책이니까 정성껏 다룰 필요 없다며."

"로한 선생님도 그러셨잖아요. 낡아빠진 책이 더이상 낡지 않게 보전하는 것도 사서의 책무라고."

"아니, 그건 그렇지만… 어떻게든 안 될까? 책이라는 건 누군가에게 읽히기 위해 쓰는 거잖아? 이대로 붙어 있어선 이 책이 책으로서의 역할을 다할 수 없는 건데?"

"아무튼 안 돼요~ 부우우우~!"

사서는 입으로 야유하는 것으로도 모자라 팔로 X자까지 만들었다.

"호기심이 고양이를 죽인다고 하잖아요? 보이지 않는 건 보이지 않는 거라고 선을 긋고 딱 포기하세요."

사서는 교차한 팔로 촙이라도 날릴 것처럼 로한에게 슬금슬금 다가왔다.

로한은 곤혹스러운 얼굴로 뒤로 물러나면서,

"아, 알았어… 진정하라고, 미안해. 이런 걸 보면 지나치게 신경쓰이는 성격이라서… 약속할게. 이 페이지는 안 뜯을게. 응? 이제 됐지?"

살며시 사서의 어깨를 밀어냈다.

"그보다… 슬슬 접수 창구로 돌아가는 게 낫지 않겠어? 좀전에 만화를 읽던 아이들이 책을 빌려갈지 말지 고민하고 있던데."

"아이들요~?"

청소년 코너 쪽을 힐끗 보며 사서가 화장기 없는 눈썹을 찌푸렸다.

"…아이는 질색이에요. 뭐든 가리지 않고 관심을 갖고, 더러운 손으로 막 만지고… 빌려간 책은 제대로 반납도 안 하고, 그래서 일거리도 늘어나고…"

음울한 눈매로 사서는 이야기를 계속했다.

"호기심이 고양이를 죽인다, 그런 말이 있지만… 고양이만 그런 게 아니에요. 호기심은 아이도 죽이죠."

"…응?"

어쩐 영 살벌한 소리를 하는 사서를, 로한은 의아한 눈으로 보았다.

그러나 그녀는 무심한 얼굴로 로한과 눈도 마주치지 않고 접수 창구를 향해 가버렸다. 터벅터벅 칠칠치 못한 발소리를 내면서.

"……"

멀어지는 사서를 쳐다보던 로한이었지만 그녀의 모습이 책장 너머로 사라지자마자,

"좋았어, 뜯어보실까."

사서를 속였다는 죄책감이나 망설임 같은 것이라고는 한 점도 찾아볼 수 없는 해맑은 표정으로, 로한은 다시 『하돈식의 유혹』으로 시선을 돌렸다.

그리고 역시 망설임 없이 페이지의 모서리로 손가락을 뻗었다.

로한이 사서에게 이야기한 것처럼, 책은 그 안에 든 지혜

를 전부 드러내야 비로소 그 역할을 다할 수 있다. 붙어 있어서 읽을 수 없는 페이지는 뜯어봐야 한다.

로한은 신중하게 페이지를 뜯기 시작했다…

화지和紙*의 두께를 느끼며 찌익찌익 하고.

가느다란 섬유의 보풀이 일어나며 페이지가 서서히 드러나기 시작했다.

그 순간 처음으로 로한은 망설임을 느꼈다.

무언가 불길한 것을 엿보려 하고 있는 것만 같은… 막연한 오한에 휩싸인 것이다.

어느 부위인지도 설명 없이 그저 '복어입니다'라는 말과 함께 그릇에 차려져 나온, 정체불명의 고기를 눈앞에 둔 것 같은 기분을 로한은 맛보고 있었다. 양자택일. 먹어야 할 것인가 말아야 할 것인가…

자기 자신의 호기심이 이끄는 대로 페이지를 끝까지 뜯어봐야 할 것인가, 아니면…

로한은 코웃음을 치며 고개를 저었다.

근거 없는 불안감이 약간 들었다고 해서 무슨 고민을 그렇게까지 할 필요가 있단 말인가. 고작해야 붙어 있는 책의 페이지를 뜯어보는 것뿐이다. 복어라면 독으로 죽을 수도 있겠

---

* 일본 전통 방식으로 만든 종이.

지만, 책 때문에 죽을 일은 없다.

그렇게 결심하고서.

로한은 단숨에 페이지를 뜯어버렸다——

"…이건…"

흥분과 당혹감이 뒤섞인 목소리로 로한이 탄식했다.

처음으로 그의 눈에 들어온 것은 현기증이 날 정도로 진한 빨간색.

다음은 와인색으로 칠해진 장식 끈.

책갈피다. 붉디붉은 책갈피가 그곳에 끼워져 있었다.

글자나 그림 같은 것은 없었고, 녹이 슨 것처럼 거친 알갱이 같은 것들이 전체적으로 흩뿌려져 있었다.

견본이 있는 것도 아니었지만, 로한은 확신할 수 있었다. 이것이 바로 사서가 이야기한 〈붉은 책갈피〉, 라고.

그러나 어째서 붙어 있는 페이지 사이에 끼워져 있던 거지?

고개를 갸웃거리는 로한이었지만, 사소한 의문은 부풀어 오르는 호기심 앞에서 쪼그라들어 사라져버렸다.

로한은 손가락 캡을 빼고 책갈피를 만져봤다. 손끝에 꺼끌 꺼끌한 감촉이 느껴졌다. 마치 말라붙은 피 같다고 생각했다. 시험 삼아 냄새를 맡아봤더니 산화한 쇠 같은 냄새가 났다.

어쩌면 진짜로 피로 물든 것인지도 모른다.

주술이나 저주 같은 오컬트 분야에서 '피'는 대표적인 도

구이다. 누구라도 약간의 아픔을 참을 각오만 있으면 손쉽게 마련할 수 있다.

여하튼 당장은 〈붉은 책갈피〉가 만들어진 배경보다도, 이것이 정말로 발견한 사람을 불행하게 만드는 책갈피인지, 그렇다면 과연 어떤 불행을 초래하는지— 그 두 가지가 알고 싶다고 로한은 생각했다.

로한은 책갈피를 빼낸 뒤 『하돈식의 유혹』을 책장에 다시 꽂았다.

그 직후.

"———"

"…응?"

두리번두리번, 로한이 주변을 둘러봤다.

어디선가 희미하게— 웃음소리가 들려온 것 같은 기분이 들었다.

"뭐지…? 누가 있나?"

웃음소리가 들려온 방향도 위치도 특정하지 못한 채 로한은 막연하게 말을 걸어봤지만, 대답은 없었다.

근처에서 인기척은 느껴지지 않았다.

로한은 구겨지지 않게 주의하며 〈붉은 책갈피〉를 주머니 안에 넣은 뒤, 통로로 얼굴을 내밀었다. 이리저리 둘러봐도 역시 사람의 모습은 없었다.

문득…

불길한 예감이 든 로한은 천장을 올려다봤다.

전조가 있었던 것은 아니었다.

예고된 것도 아니었다.

그저 〈무언가〉가 발산하는 의사 같은 것을 감지했던 것이다.

뿌드…득, 뿌드득…

들려온 것은 그런 소리.

로한은 위장 언저리가 싸늘해지는 것을 느꼈다. 소리의 출처는 '즐겁게 놀아요' 안내판― 그것을 매달아둔 사슬이었다. 두 가닥의 사슬 중 한 가닥이 저절로 뒤틀리고 있었다. 누군가가 건드리지도 않았는데.

"뭣…"

그 고리 하나하나가 개화하는 꽃봉오리처럼 벌어지기 시작하더니――

"어이 어이 어이 어이 어이… 설마…"

다음 순간, 사슬이 뚝 끊겼다.

사슬이 진자처럼 휘면서 '즐겁게 놀아요' 안내판이 로한에게 날아들었다.

"말도 안 돼?!"

로한이 외치며 옆으로 펄쩍 뛰었다.

붕 소리와 함께 어마어마한 압력이 발뒤꿈치를 살짝 스치며 지나갔다.

"우오오오오옷!"

낙법을 시도— 찰나의 순간에도 만화가의 본능으로 오른손을 감싸며 왼손으로 바닥을 짚었지만,

"오오오오오옷?!"

배를 깔고 엎어진 채 로한은 절규했다.

어째서 이런 곳에 떨어져 있단 말인가.

로한의 왼쪽 손바닥에 압정이 깊숙이 박혀 있었다.

"오오아아아앗?!"

아픔을 참지 못하고 오른쪽에서 왼쪽으로 뒹굴며 몸부림쳤다.

그러자 몸이 책상 다리에 부딪혀— 그 위에 놓여 있던 데스크톱 컴퓨터가 떨어졌다.

몇 킬로그램은 되는 그것이 『원숭이와 게의 싸움*』에서 원숭이를 깔아뭉갠 절구처럼 로한의 등에 직격했다.

"아아아아아아아아아———앗!!"

너무나도 무자비한 해프닝의 연속에 로한은 폐를 쥐어짜듯이 비명을 질러댔다.

---

* 일본의 전래 동화.

"큭… 으… 으으…"

얼마 남아 있지 않은 폐 속 공기를 신음소리로 바꾸며 왼손의 압정을 뽑은 그 순간,

"어라아아~?"

끼어드는 얼빠진 목소리에 로한은 신음소리를 멈췄다.

"로한 선생님이 깔리셨네. 괜찮으세요?"

사서였다. 로한의 비명이 카운터까지 들린 것 같았다.

"으, 으응… 괜찮아."

로한은 여전히 데스크톱 컴퓨터에 깔려 있었지만, 여기서 약한 소리를 하는 건 그의 긍지가 용납하지 않았다.

"아니 아니 아니 아니 아니, 로한 선생님 말고요."

로한이 오기를 부리는 것쯤은 꿰뚫어봤다는 투로 사서가 옅은 웃음을 지었다.

"컴퓨터요. 컴·퓨·터. 망가지진 않았나요?"

"…알 게 뭐야."

바보 취급하는 어조에 로한은 미간을 찌푸렸다.

사서가 감자라도 캐는 듯한 움직임으로 데스크톱 컴퓨터를 치웠지만, 로한은 고맙다는 말도 없이 꾸물꾸물 일어났다.

"괜찮으려나? 잘 돌아가려나~…? 우와, 안내판도 떨어졌어…"

대롱대롱 흔들리고 있는 '즐겁게 놀아요' 안내판을 보며 사서가 멍하니 말했다.

'이것도 선생님 때문에 망가진 건가요'라고 묻고 싶어하는 그녀의 시선을 받아넘기며, 로한은 잔뜩 뒤집어쓴 먼지를 털어냈다.

"갑자기 사슬이 끊기더군. 제대로 정비를 안 한 거 아닌가?"

"글쎄요? 모르겠네요. 그런 건 서무과 일이라… 으~음. 이 컴퓨터, 잘 돌아가는지 확인해보고 싶은데… 선을 연결하는 것도 서무과 일이랄까, 내 일이 아니라서~~"

"이봐… 그 태도는 아무리 그래도 좀 아닌 것 같은데. 당신도 도서관 직원이잖아? '불편을 끼쳐드려 죄송합니다' 정도는―"

까지 말하던 로한은 뒷말을 속으로 삼켰다.

"…아니. 아무것도 아냐."

멍하니 서 있는 사서에게 등을 돌리고서 로한이 고개를 숙였다.

도서관 측의 책임을 추궁하는 것은 간단했다. 그녀의 무례함을 꾸짖는 것도.

그러나 로한은 그렇게 하지 않았다. 안내판이 낙하한 원인은 도서관의 정비 부족이 아니라 다른 데 있지 않을까… 그런 생각이 들었기 때문이다.

로한은 '사슬이 끊어졌다'고 사서에게 설명했지만, 정확히 말하자면 갑자기 끊긴 것이 아니었다.

사슬의 고리 하나하나가 의사를 가지고 있는 것처럼 벌어지면서, 안내판의 무게를 견디지 못한 결과였다.

컴퓨터 역시 그랬다.

케이블 같은 것들은 전부 도서관 이용자의 눈에 띄지 않게 테이프로 감겨 고정되어 있었다.

그러나 그랬던 것들이 로한이 책상에 부딪힌 순간 아주 쉽게 풀려, 마치 목줄에 매어 있다가 풀려난 번견처럼 컴퓨터가 그의 등을 찍어 누른 것이다. 평범한 트러블이나 사고라고는 생각할 수 없었다.

그리고.

원인으로 짐작되는 것은 로한 본인의 주머니 안에 들어 있었다.

천천히 그리고 신중히, 주머니로 손을 가져갔다. 꺼끌꺼끌한 감촉이― 〈붉은 책갈피〉의 감촉이 손끝으로 전해진다.

〈붉은 책갈피〉를 꺼내들고 로한은 그것을 빤히 쳐다봤다.

겉으로 보기에 별다른 변화는 없었다. 그러나… 〈붉은 책갈피〉의 맥동 같은 것을, 로한은 느낀 것 같았다.

마치 멈춰 있던 심장에 피가 돌며 다시 움직이기 시작한 것처럼…

"이건… 진품이야."

흥분을 억누르며 차분한 목소리로 로한이 중얼거렸다.

문제의 불행이 희극 같은 비극이었던 관계로 다소 김이 새기는 했지만, 불가사의한 힘이 작용하고 있음은 의심할 여지가 없었다.

로한의 마음속에서 〈붉은 책갈피〉에 대한 관심은 더욱 커졌다.

이쯤 되니 궁금해진 것은, 좀전에 나중으로 미뤄뒀던 〈붉은 책갈피〉의 배경이었다.

소재는 종이 같은데, 어떤 종이를 쓴 것인지. 만들어진 시기는 언제쯤인지. 장식 끈은 그냥 장식인지. 누가 무엇 때문에 만들었는지. 그 빨간색은 역시 피인지. 그렇다면 누구의 피를 쓴 것인지. 그리고 어째서 『하돈식의 유혹』에 끼워져 있던 것인지.

의문은 끊이지 않았지만, 우선은 가볍게… 소재부터 조사해보자고 로한은 생각했다.

끝부분을 살짝 찢어 단면을 살펴보면 종이의 종류를 알 수 있을지도 모른다.

양손으로 〈붉은 책갈피〉의 끝부분을 쥔 다음, 로한은 천천히 힘을 주었다. 『하돈식의 유혹』의 붙어 있던 페이지를 뜯었을 때처럼, 신중히——

찌익…

하고 소리가 났다.

—로한의 왼쪽 엄지손가락에서.

"아얏…"

비늘 같은 무언가가 붉은 액체와 함께 하늘로 튀어올랐다. 로한의 엄지손톱이었다.

"뭣…?!"

아픔과 놀람. 두 가지 감각에 휩싸인 로한은 말문이 막혔다.

"마, 말도 안 돼… 방금, 뜯겨나갔어…! 손톱이!"

피로 물든 손톱이 바닥에 떨어졌다가 소리도 없이 튀어올랐다.

엄지손가락 끝에서 줄줄 쏟아지는 피가 〈붉은 책갈피〉로 흘러 빨간색을 더욱 진하게 물들이고 있었다.

"로한 선생님, 뭐라고 외치신 거예요?"

컴퓨터의 배선과 씨름하던 사서가 뒤를 돌아보고 안경 너머로 눈을 동그랗게 떴다.

"우에에. 피? 그거 피예요? 우와앗, 어떡해?"

"으… 으응…"

"아니 아니 아니 아니 아니. 제가 걱정하는 건 로한 선생님이 아니고요. 바닥이요, 바·닥!"

〈붉은 책갈피〉에서 떨어진 피가 물엿같이 가늘게 늘어져 깨끗이 닦인 판자를 댄 바닥에 뚝뚝 떨어지고 있었다.

"난 몰라~ 걸레 가져올게요, 더이상 더럽히시면 안 돼요~?"

짜증이 난 것처럼 투덜거리며 사서가 어디론가 사라졌다. 다급한 어조치고는 전혀 서두르는 기색 없이 느릿느릿한 발걸음으로.

말문이 막힌 채 멍하니 그녀를 지켜보고 있다가 화들짝 정신을 차린 로한은, 엄지손가락의 상처를 손수건으로 황급히 동여맸다.

그리고 피에 젖어 번들번들 빛나는 〈붉은 책갈피〉를 빤히 쳐다봤다.

분명 찢었을 텐데 상처 하나 없다.

"났어야 할 상처가… 내게 돌아왔다는 건가?"

이것도——

"〈붉은 책갈피〉의 불행…?"

피가 스며들어 축축이 젖어가는 손수건의 감촉에 그는 전율을 느꼈다.

호기심은 고양이도 죽인다.

사서가 이야기한 대로였다. 로한의 심장이 가슴을 터뜨릴

기세로 고동쳤다. 피가 돌 때마다 왼손 엄지손가락이 욱신욱
신 아파왔다.

어린애 장난 같은 불행이 연거푸 이어지는 바람에 자신도
모르게 만만히 봤지만, 로한은 예감이— 아니, 확신이 들었
다. 이 책갈피는 상상 이상으로 위험한 물건이라고. 어중간한
호기심으로 건드려서는 안 될 물건이라고.

"에휴~우우… 진짜, 진짜 귀찮다니까~…"

귀찮아 죽겠다는 투로 사서가 양동이와 대걸레를 손에 들
고 돌아왔다.

"청소는 내가 아니라 서무과 일인데… 서무과~ 어디 간
거람, 서무과~ 나타나라고요 서무과~"

사서가 개라도 부르는 것처럼 흥얼거리는가 싶다가, 개라
도 쫓아버리는 투로 '쉿쉿' 하고 로한을 손으로 밀친 뒤 대걸
레로 바닥을 밀기 시작했다.

평소의 로한이었다면 화를 내며 큰소리로 버럭했겠지만,

"있잖아…"

로한은 〈붉은 책갈피〉를 주머니 속으로 집어넣고 사서에
게 말했다.

"뭐 하나 물어봐도 될까."

"네에…"

"아까 당신이 얘기했던 〈책갈피의 소문〉… 그밖에 또 어떤

게 있지? 그러니까… 〈붉은 책갈피〉를 발견했을 시의 대처 방법 같은… 뭐 그런 소문은 없나?"

"으~음? 이상한 걸 물어보시네요. 혹시… 로한 선생님, 책갈피를 발견하신 건가요?"

"……"

"어머머, 묵비권 행사인가요. 딱히 빼앗으려는 것도 아닌데."

사서가 어깨를 으쓱였다.

그리고 다시 청소를 하는 그녀였지만,

"소용없어요, 살려고 해봤자."

손을 멈추지 않고 그렇게 말했다.

"…어?"

그동안과 마찬가지로 변함없이 맥빠진 어조였기에 로한은 하마터면 흘려들을 뻔했지만… 이 여자가 방금 뭐라고 했지?

"제가 뭐라고 했죠? 보이지 않는 건 보이지 않는 거니까 선을 딱 긋고 포기하시라고. 분명히 말했잖아요."

사서는 청소를 멈추더니, 대걸레를 세워 몸을 기대고는 손등에 턱을 괴었다.

"호기심은 고양이도… 선생님의 경우에는 만화가겠네요. 호기심은 만화가도 죽인다니까요. 호기심에 일을 저질러놓고서 살 생각을 하다니, 너무 제멋대로시네요."

"무슨 소리—"

"이런 얘기, 혹시 아시나 몰라요?"

사서가 한쪽 눈을 감아 윙크를 날리며 로한의 말을 가로막았다.

"한 아이가 살았습니다. 어느 날 그 아이는 바다에 나가서 복어를 낚았습니다. 어른이라면 이건 낚는 게 아니라면서 복어를 바다에 놔줬겠지만, 아이는 처음 낚은 복어를 보고 신이 난 나머지 그 자리에서 요리해 먹었고… 이를 어째, 아이는 몸속에 복어 독이 퍼져서 고통스럽게 죽고 말았답니다."

말이 끝나자마자 사서가 검지손가락을 치켜들었다.

"자, 여기서 문제입니다. 아이는 왜 죽었을까요?"

"복어 독 때문…이잖아."

"때애애앵~! 정답은 호기심이 왕성했기 때문에. 호기심이 없었으면 아이가 복어를 먹을 일도 없었어요. 호기심은 아이도 죽이죠."

빙그레, 사서가 두꺼운 안경 너머로 싱글벙글거렸다. 그리고 어딘가 모르게 그리워하는 듯한 눈으로 로한을 보았다.

"저도 로한 선생님의 심정, 자~알 알아요. 미지의 현상이나 흔치 않은 일에 접할 기회가 있으면 반드시 흥미를 느껴버리죠. 하나를 들으면 열을 알고 싶어하고, 열을 알면 백을 확인하고 싶어해요… 하지만 말이죠, 삼라만상을 이해한다고 해도 별로 좋은 꼴은 못 본다니까요."

저처럼… 사서는 그렇게 한마디 보탰다.

"전 호기심이 이끄는 대로… 사람의 흥미가 동하는 대로, 모든 것을 속속들이 알게 되었어요. 굶주림을 달래는 것처럼, 탐욕스럽게. 로한 선생님은 그렇게 되지 마시라고 〈붉은 책갈피〉에 대해 가르쳐드렸는데요. 책갈피는 말이죠… '거기서 읽는 것을 멈췄다' 그런 표시예요. 그리고 빨간색은 경고죠. 더이상은 다음 페이지로 넘어가지 마라, 뭐 그런."

어디서 꺼낸 것일까. 사서가 〈붉은 책갈피〉를 손끝으로 쥐고 있었다. 흠칫해 주머니 속을 뒤져보는 로한이었지만, 책갈피는 여전히 주머니 속에 들어 있었다.

사서가 들고 있는 것은… 또다른 책갈피였다.

"아아, 하지만… 모든 것을 속속들이 알게 되었다고 했지만, 지금 또하나 알고 싶은 게 생겼네요. 호기심에 죽게 생긴 만화가는 과연 살기 위해 호기심을 버릴 수 있을 것인지… 어때요, 로한 선생님. 저한테 가르쳐주실래요?"

사서가 대걸레에 기댔던 몸을 일으켜 로한에게 걸어왔다.

터벅터벅 하고 칠칠치 못한 발소리를 내면서. 형언할 수 없는 위압감과 함께.

헐렁한 차림새의 얼빠진 사서인 줄로만 알았던 여자가, 지금은 마치 사람의 거죽은 그대로인데 그 속은 전혀 다른 무언가로 바꿔치기한 것 같은… 그런 감각을 로한은 느끼고 있었다.

"뭐야… 당신은, 대체…!"

로한의 관자놀이에서 땀이 쏟아졌고, 호흡이 거칠어졌다.

턱까지 흘러내린 땀을 손등으로 닦으며 로한은 후퇴하려고 했지만, 끈적끈적한 액체 속에 잠긴 것처럼 발이 무거웠다.

사서가 옅은 웃음을 지었다.

로한의 뇌리에 경종이 울렸다. 더이상 가까이 오게 놔두면 안 된다.

여기가 한계다, 라고 직감이 외치고 있었다.

"뭐냐고오오오ㅡ! 너어어어어언ㅡ!!"

로한 역시 외쳤다. 그리고ㅡㅡ

"헤븐즈 도어어어어ㅡㅡㅡ!!"

로한과 사서를 가로막는 것처럼 두 사람 사이에 작은 소년의 모습이 떠올랐다.

그의 이름은 〈헤븐즈 도어〉. 로한의 호기심을 풀어주는, 인간이 아닌 존재.

〈헤븐즈 도어〉가 사서와 닿자마자,

팔락…

그녀의 얼굴에 균열이 가더니, 잡지가 펼쳐지듯 팔락거

렸다.

〈책〉 상태가 되어 정신을 잃은 사서가 무릎을 꿇고 주저앉았다.

로한은 지체 없이 그 곁에 웅크리고 앉았다.

"허어—억… 허어—억…"

불발탄을 건드리는 것만 같은 심정으로 거친 숨을 쉬면서, 로한은 사서의 페이지를 넘기기 시작했다.

그녀의 기억은,

'고양이를 먹었다.'

그런 문장으로 시작했다.

등줄기를 타고 흐르는 오싹함을 느끼며 계속 읽었다.

'고양이를 먹었다. 배가 고팠기 때문에. 개를 먹었다. 배가 고팠기 때문에. 하지만 아무도 꾸짖지 않았다. 다들 배가 고팠기 때문에.'

마음의 기억은 거짓말을 하지 않는다. 모든 것이 그녀가 실제로 체험한 것이다. 그러나.

"어떻게 된 거지…? 이 여자… 간에이寬永 대기근*을… 경험했다고?! 400년 전의 사건을?!"

사서가 말한 굶주림이란 이것을 의미하는 것이었을까? 그

---

* 에도시대 초기, 1640~1643년에 걸쳐 발생한 기근. 에도 4대 기근 중 하나.

녀는 그밖에도 다양한 것들을 먹었다.

'나무배의 갑판, 바닷물 맛이 났어. 종이우산의 풀, 달달했어. 맹장지의 뼈대, 대나무 향이 났어.'

그러나 분명 어쩔 수 없이 먹은 것일 텐데, 그것들은 서서히 변모해간다.

'아기의 엉덩이, 떡 같았어. 소꿉친구 여자애의 귀, 잡아 뜯었더니 왜 이래? 왜 이래? 하고 시끄럽게 굴었어. 굶어죽은 할아버지의 대퇴부, 거의 뼈만 있었어.'

굶주림을 달래기 위한 것만이 아니었다. 사서는 호기심에 그것들을 먹었다. 호기심에 져버리고, 그녀는 식인을 저지른 것이다.

여러 해에 걸친 기근을 겪고도 그녀의 호기심은 멈추지 않았다. 오히려 더욱더 폭주했다.

'인체의 구조가 궁금해졌다.'

그녀는 인간을 해체하기 시작했다. 먹기 위해서가 아니었다. 그저 궁금하다는 이유만으로.

처음에는 무덤 도굴부터 시작했다. 그리고 다리 아래 나뒹굴던 익사체나 객사한 사람을 해부했고, 마침내 살아 있는 사람을…

그곳에는 윤리고 뭐고 없는, 호기심에 홀린 자의 만행이 기록되어 있었다.

"이 여자⋯ 정체가 뭐야?! 대체 몇 년을 살아온 거냐고?!"

정신없이 계속해서 페이지를 넘기던 로한의 손이 멈췄다.

'심해 생물이 보고 싶어졌다.'

잡지의 카피처럼 그렇게 적혀 있었다. 그리고, 그 페이지에는.

세번째 〈붉은 책갈피〉가 끼워져 있었다.

"⋯윽!"

〈헤븐즈 도어〉가 책으로 만든 상대의 페이지에 책갈피가 끼워져 있는 것은 처음 있는 일이었다.

정신을 차리고 숨을 꿀꺽 삼켰다. 그와 동시에 로한은 사서의 말을 떠올렸다. 〈빨간색〉은 더이상 읽으면 안 된다는 경고라는 말을.

"더이상 페이지를 넘기면⋯ 위험하다는 건가⋯?"

호기심은 만화가도 죽인다.

호기심에 죽게 생긴 만화가는 과연 살기 위해 호기심을 버릴 수 있을 것인가.

"천만에⋯ 그만둘 수야 없지. 반드시 이 여자의 정체를 밝혀내겠어!"

더욱 똑똑히 기억을 읽기 위해 로한은 사서의 어깨를 번쩍 안아올렸다. 그 순간.

후두두두두두두⋯

아직 넘기지 않은 페이지에서 수십 개, 수백 개… 아니 그이상. 대량의 〈붉은 책갈피〉가 선혈처럼 바닥에 쏟아졌다.

"우읏…!"

자신도 모르게 뒤로 몸을 젖히며 로한은 신음했다.

마지막 경고. 마치 그렇게 말하는 것 같은 기분이 들었다. 호기심에 몸을 맡기고 내달린 자의 말로. 이다음을 읽으면 너는 반드시 죽는다. 〈붉은 책갈피〉의 불행에 의해서… 라고.

로한의 머릿속에서 가까스로 열을 띠지 않은, 차가운 이성이 말하고 있었다. 이쯤에서 물러나야 한다. 지금 당장 기억을 읽는 것을 멈추고 그녀에게 명령을 적은 뒤 달아날 생각을 하자.

로한의 손이 부들부들 떨렸다. 그러쥐고 있던 페이지가 손가락 모양으로 구겨졌다.

그러나.

"…너무 만만히 보였나보군. 나도 참."

떨림은 곧 잦아들었다.

"호기심이 날 죽인다고? 그래 좋아. 어디 해보시지."

〈붉은 책갈피〉가 어중간한 호기심으로 도전하지 못할 물건이라면, 혼신을 다한 호기심으로 도전하겠다─ 그것이 만화가, 키시베 로한이다.

호기심은 고양이를, 아이를, 만화가를 죽인다.

확실히 일리가 있다. 이야기이다. 호기심은 극약이다.

『하돈식의 유혹』에 적혀 있던 무사는 어째서 목숨을 걸면서까지 복어를 먹는 도전을 한 것일까. 그저 참을 수 없을 정도로 복어가 맛있었기 때문에? 천만에. 호기심이 있었기 때문이다.

인간은 호기심에 의해 지혜를 얻고, 진화해왔다. 이루 헤아릴 수 없는 희생을 치러가면서. 누구보다도 호기심이 강했기에 인간은 번영을 구가할 수 있었던 것이다.

언젠가 호기심에 의해 인간은 멸할지도 모른다. 그러나 호기심이 없는 인간은 인간답지 않게 된다. 호기심을 잃고 모든 것을 알았다는 생각에 무료함을 느끼면서, 그 무엇에도 관심을 갖지 않게 될 때야말로— 인간은 멸할 것이다.

"호기심 때문에 죽게 생긴 만화가는 과연 살기 위해 호기심을 버릴 수 있을 것인지… 너는 그렇게 물어봤지. 대답은 'NO'다. 죽으면 만화를 그릴 수 없게 되지만, 호기심이 없는 만화가 같은 건 만화가가 아니야."

그러쥐고 있던 페이지를, 로한은 단숨에 펼쳤다.

그곳에는…

웅성웅성, 주변에서 인기척이 느껴졌다.

"헉?!"

주변을 둘러보다가 로한은 알아차렸다. 사서의 모습이 보이지 않았다. 바닥에 흩어져 있어야 할 〈붉은 책갈피〉도. 분명 주머니 속에 있어야 할 책갈피도. 모조리 사라지고 없었다.

로한은 사람들 사이에서 무릎을 꿇고 있었다.

예전에 왔을 때처럼 사람들로 붐비는 도서관이 그곳에 있었다. 어린 손주의 손을 잡고 있는 노인이 의아해하는 눈초리로 로한을 내려다봤다. 로한 역시 두리번두리번 이리저리 둘러봤다.

"어떻게 된 거지… 꿈? 아냐…"

로한의 손에는 아직 사서의 체온이 남아 있었다. 왼손에도 피로 물든 손수건이 그대로 묶여 있었다. 꿈이나 헛것을 본 것은 아니었다. 아닌데, 그러나——

마치 자기 집인 줄 알았던 곳이 남의 집이었던 것 같은, 그런 거북함을 로한은 느끼고 있었다. 해소되지 않는 답답함에 혀를 차며 그는 일어섰다.

알 수 없는 것이 한두 가지가 아니었지만, 확신을 가지고 말할 수 있는 것이 한 가지 있었다.

그 사서는 호기심의 화신이다.

모든 것을 속속들이 알게 되어 무료하기 짝이 없는 모양이었지만… 호기심이라는 것에 끝이 있을 리 없다.

모든 걸 알게 된 듯한 기분이 드는 것뿐.

사실 그녀는 새로운 호기심이 싹터 로한을 쫓아온 것이기 때문에.

어쩌면 그 답을 얻게 되어― 혹은 자신의 호기심은 아직 끝난 것이 아님을 알게 되어 그녀는 만족했는지도 모른다.

만에 하나 그런 것이라면 참 뻔뻔하다고 로한은 신음했다. 이쪽에는 아무것도 알려주지 않고 자기만 호기심을 채우다니…

아니면 처음부터 모든 것이 덫이었던 것일까.

그녀의 호기심에 부응할 수 있는 사람을 유인해서, 백지 같은 흥미를 자극하고 색을 칠하게 하는― 그런 덫.

도서관은 사람의 호기심이 쌓이는 곳이다. 호기심에 홀린 자가 그 갈증을 채우려면 여기보다 적합한 곳은 없을 것이다.

사서의 정체를 밝혀내지 못한 것이 새삼스럽게 분한 나머지, 로한은 어금니를 꽉 깨물었다.

그러나 가슴속에는 짜증과는 다른 감정도 자리하고 있었다.

그 사서에 대한 존경심.

호기심에 몸을 맡기고 내달리는 심정은 뼈저리게 잘 알고 있다. 인간의 도리를 넘으면서까지 그것을 추구하다니, 웬만한 각오가 아니다.

그래도 역시 딱 한 페이지라도 좋으니 더 읽을 수 있었더라면… 미련을 떨쳐버리지 못한 채 로한은 터벅터벅 발걸음을 옮기기 시작했다.

카운터에서 두 아이가 책을 빌리려 하고 있었다. 아까 한산했던 관내에서 『핑크 다크 소년』에 흠뻑 빠져 있던 형제였다.

그들도 사서의 호기심에 이끌려와 모종의 해답을 받은 것일까. 두 아이가 빌리려는 책은 27권에서 36권까지 총 열 권. 꽤 많이 읽은 모양이다. 그리고 나쁘지 않은 판단이라며 로한은 씩 웃었다. 어느 권이든 잘 완성했다고 자부하는 바이지만, 저 권수는 특히 볼거리가 가득하다.

도서 출납을 위한 줄이 없는 것을 확인하고 로한은 카운터로 다가갔다.

"어머, 로한 선생님. 오랜만이시네요."

헐렁한 차림새의 사서가 아니었다. 알고 있는 사서의, 알고 있는 미소였다.

로한은 그녀에게 물어보려고 했다. 그 사서에 대해서. 책갈피에 대해서. 자신이 쭉 이 도서관에 있었던 것인지. 아니면 갑자기 나타난 것인지. 좀전의 그 형제가 어디서 『핑크 다크 소년』을 가져온 것인지. 의문이 끊이지 않았다.

그러나…

만에 하나 이 의문의 답을 얻는다 해도 그것을 있는 그대로 받아들이고 만족할 수 있을 것인가.

그럴 리 없다고 로한은 자문자답했다.

이 의문은 풀지 말고 가슴속에 담아두자.

언젠가 그 사서는 이런 의문을 품을 것이다.

'호기심에 죽게 생겼어도 호기심을 버리지 않은 만화가는 어떻게 해야 호기심을 버릴 것인가'.

그녀는 반드시 그 답을 원할 것이다.

그리고 다시 만나면 그때야말로 읽지 못한 기억들을 읽어주겠다.

"……? 로한 선생님?"

입을 꾹 다물고 있는 로한이 신경쓰였는지, 사서가 고개를 갸웃거렸다.

"…으음."

로한은 목구멍까지 치밀어올랐던 의문을 전부 삼킨 뒤, 우선은 오늘 풀지 못해서 불완전 연소 상태로 남아 있는 의문과 결판을 내기로 했다.

카운터에 기대면서,

"복어를 먹고 죽어가는 사람을 본 적 있나?"

로한은 그렇게 물었다.

검열
방정식

이바 유스케

"오래 기다리셨죠. 이건 SETI(외계 지적 생명체 탐사) 프로젝트의 연차보고서, 그리고 오하이오 주립대의 Wow! 시그널 발견 시의 학술지가 세 권 있더군요."

"음, 고맙군. 거기 놔둬."

수십 년 전에 인쇄되어 빛이 바랜 글자에서 눈을 떼고, 고개를 들었다.

방금 전까지만 해도 필기구와 노트가 펼쳐져 있었던 흰 책상에는 열람을 희망한 책과 잡지가 수북이 쌓여 있었고, 가까스로 책의 침식을 모면한 책상 한구석에는 어느샌가 부탁했던 아이스커피가 놓여 있었다.

완전히 미지근해진 아이스커피를 단숨에 비우고서야 비로소, 눈앞에 서 있는 젊은이가 나와 나를 에워싼 서적을 의아하게 내려다보고 있는 것을 알아차렸다.

"이렇게 많은 자료를 정말 쓰는 건가? 하는 얼굴이군. —
쓰다마다. 연구 기관이나 UN이 외계 문명과 접촉할 때 어떤
식으로 움직이는지 나는 알고 싶어. 리얼하면 리얼할수록 독
자가 관심을 갖기 마련이거든."

이 일의 발단은 사흘 전으로 거슬러올라간다.

슈에이샤 편집부로부터 '미지와의 조우를 테마로' 한 단편
집필 의뢰가 들어온 것이다.

"미지와의 조우라고 말씀드렸지만 뭐든 상관없습니다. 해
저에서 고대 유적이 발견돼 탐험한다든가, 아마존의 열대 우
림에서 신종 나비를 발견한다든가. …어떨까요? 수락해주실
수 없을까요?"

그러나 미지와의 조우라고 하면 역시 우주인이지 않겠는
가.

의뢰를 수락한 다음날, 모리오초 인근 대학의 도서관을
방문하기로 했다. 모리오초의 도서관에 있는 책들 중 관심이
가는 것들은 대체로 이미 읽은데다, 가끔은 모르는 곳을 방
문하는 것도 좋은 기분전환이 되기 때문이다.

냉방이 잘 되는 창구에서 신분을 밝히고 서적을 열람하고
싶다고 요청했는데, 도서관장이 내 팬이라고 했다. 그러더니
다른 학생들에게 방해받지 않게 작은 회의실을 하나 내줬을
뿐만 아니라, 자료를 찾아줄 직원까지 붙여줬다.

그 직원은 나보다 조금 젊은 남자로, 이름은 치카모리라고 했다.

마치 방금 막 일어난 것처럼 잔뜩 뻗친 머리였지만, 청결해 보이는 흰 버튼다운 셔츠와 잘 다린 카키색 치노 팬츠를 입었으며, 목에는 학생증 같은 카드를 걸고 있었다. 안내받아 회의실로 이동하는 동안 들은 바에 의하면 그는 대학원생으로, 여름방학 동안에만 대학 도서관 이용 안내와 접수 창구 업무를 보조한다고 했다.

외계 문명에 관한 책과 잡지를 있는 대로 보여달라는 요청에, 치카모리는 실로 다양한 책을 가져와줬다.

어린이 대상의 우주 과학 도감이나 전 세계에 있는 천체 관측소의 정기 보고서, 우주 생물학이나 우주 언어학에 관한 논문, 과거에 지구에서 수신한 전파 신호의 수신 보고서, 개중에는 무슨 언어로 적혀 있는지도 알 수 없는 고문서의 사본의 사본의 그 사본 같은 것까지 있었는데, 그것들을 뒤져보는 동안 점점 구상이 부풀어오르기 시작했다.

외계 문명이 보낸 전파. 그 정체가 무엇인지 조사하기 위해 전 세계의 학자들이 분석을 시도하는 것이다.

결말은 아홉 패턴 정도 생각해뒀는데, 콘티 단계에서 가장 와닿는 것을 골라볼까 싶었다.

"인류가 외계인을 찾는 이유는 뭘까."

무심코 중얼거리자 곁에 서 있던 치카모리가 턱에 손을 괴었다.

"글쎄요. 이 넓은 우주에 우리밖에 없으면 외로워서가 아닐까요. 어쩌면 우호적인 외계인이 선진 기술을 가르쳐주길 원한다든가."

"적대적인 외계인이면 쳐들어올 수도 있잖아. 그건 그것대로 재미있을 것 같지만."

수수께끼의 전파는 사실 외계인의 선전포고였다는 결말은 약간 식상할까.

"그렇군요."

치카모리는 대충 맞장구를 쳐주고 있었지만, 나도 생각을 정리하고 싶었던 것뿐이라 상관은 없었다.

"생각건대, 대부분의 사람들은 외계인을 찾는다는 행위에 대해 복잡한 생각은 안 하지 않을까."

"으음, 그럼 왜 찾는 걸까요."

근처에 있던 외계 지적 생명체 탐사의 연차보고서를 톡톡 손가락으로 두드리면서,

"있는지 없는지 알고 싶기 때문이겠지. 순전히 호기심에 지나지 않지만, 그것을 충족시키기 위해 500만 명 넘는 사람들이 밤낮으로 외계 문명이 보낸 무선 신호를 포착하려 하고 있어. 의외로 호기심은 돈이나 명예 이상의 인센티브가 될

수 있을지도 몰라."

"그렇군요."

치카모리는 흥미가 동하지 않는 것에 대해서는 마냥 무관심으로 일관하는 남자인 모양이다. 그러나 괜한 배려를 하려드는 것보다는 낫기에 호감이 갔다.

"치카모리 군은 외계인이 존재한다고 생각하나?"

그 말을 들은 치카모리는 역시 "글쎄요"라는가 싶더니, 장서를 정리하던 손을 멈추는 것이었다.

"드레이크 방정식이라고 아십니까?"

"바보 취급 말라고. 그 정도는 알고 있어. 외계 문명의 수를 계산하기 위한 방정식이잖아?"

드레이크 방정식은 천문학자 프랭크 드레이크가 고안한 방정식이다.

우리 은하계 내에 행성이 탄생할 확률이나 그 행성에서 생명이 발생할 확률, 지적 생명체가 문명을 구축해 행성 간 통신이 가능해질 정도로 발전시킨다면, 그 문명이 얼마나 존속할 것인가 등의 값을 설정해서, 현재 우리 은하계에 존재하는 기술 문명의 수를 추산한다.

이 방정식에서 중요한 것은 극도로 비관적인 값을 입력해도 대부분의 경우, 방정식의 답이 1 이상이 된다는 것이다. 1 이상, 그것은 곧 우리 은하계에 지구 이외에도 기술 문명이 존재함을 시사한다.

라고, 방금 전 읽은 책에 적혀 있었다.

"정확히는 우리 은하계 내 인류와 접촉 가능한 외계 문명의 수랍니다. 페르미 추정의 일종이죠."

꼬고 있던 다리를 내리고 책상 위에 손으로 턱을 괴면서, 다 읽은 도서를 차곡차곡 카트에 넣고 있는 치카모리를 힐끗 보았다.

페르미 추정이라는 것은 또 무엇일까.

"…해박한걸."

"수학이 전공이라서요."

치카모리는 목에 걸려 있는 학생증을 치켜들었다.

플라스틱 카드에는 '진기인神祇院대학 대학원 자연과학부 수학과 소속 치카모리 유토'라고 적혀 있었다.

"수학과 학생은 어떤 연구를 하지?"

"아이들과 다름없죠. 날이면 날마다 방정식을 풉니다."

치카모리는 미소를 지으며 도서로 꽉 찬 카트의 핸들을 쥐었다.

"발표 당시부터 드레이크 방정식은 불완전하다는 말을 들었어요. 선진 문명이 개발했을 식민 행성이나, 지적 생명체가 멸망한 행성에서 새로운 문명이 다시 부흥할 가능성을 고려하지 않았던 겁니다. 하지만 '과연 외계인이 있을까?'라는 호기심을 숫자로 치환해 논리적으로 답을 도출하려 한 것은 대단히 의의가 있는 일이라고 생각합니다."

자신의 연구 분야에 관해서는 술술 말이 많아지는 타입인가.

치카모리에게서 시선을 떼고서, 목 뒤로 양손을 두르고 의자 등받이에 몸을 기대며 천장을 올려다봤다.

"뭐, 숫자로 말하면 누구든지 이해할 수 있으니까 말이야."

"옳으신 말씀입니다. 보통 저희가 사용하는 숫자는 불확실한 무언가를 우리의 이해가 미치는 영역까지 끌어내리는, 이를 테면 번역기 같은 것이니까요."

여기서 대화가 끊겼다.

그뒤로 쭉 관련 자료의 반입이나 반납을 도와주던 치카모리는 힐끔힐끔 이쪽의 상황을 살피다가, 이윽고 자신의 노트를 꺼내더니 어떤 계산에 몰두하기 시작했다.

근처에 있는 이면지에 간단히 콘티를 정리한 후, 지친 눈을 손가락으로 마사지했다. 그리고 의자에 앉은 채 크게 기지개를 켜며 말했다.

"치카모리 군, 끝났어. 필요한 정보는 대충 다 모았어."

치카모리는 수중의 노트에서 시선을 떼고, 그 위에 펜을 놓았다.

"그거 다행이군요. 그밖에 뭔가 도와드릴 일은 없을까요?"

"괜찮아. 어디 보자, 뒷정리 정도는 내가 직접 해볼까."

그러면서 의자에서 일어났다.

내가 봐도 깜짝 놀랄 정도로 난잡하게 흐트러진 자료를 향해 손을 뻗자, 치카모리 역시 황급히 일어났다.

"치우는 건 제가 하겠습니다. 로한 선생님은 이대로 돌아가셔도 괜찮습니다. 창구에서 출입증을 반납해주세요."

"그래? 고맙네. 여러모로 도움이 많이 됐어."

산더미 같은 자료를 카트에 싣고 치카모리가 회의실에서 나가는 것을 지켜본 뒤, 주변의 잡동사니를 정리하기 시작했다.

콘티를 정리한 메모지를 접어 수첩에 끼우고, 필기구를 필통에 넣은 뒤, 형광펜을 너무 많이 그어 샛노래져버린 복사본 자료를 더블클립으로 철하고, 그 옆에 있는 낡아빠진 노트를,

뭐지 이건.

책상 위에 놓인 처음 보는 노트를 발견하고 자신도 모르게 미간을 찌푸렸지만, 금세 깨달았다.

이것은 치카모리의 노트다.

—아이들과 다름없죠. 날이면 날마다 방정식을 풉니다.

노트를 몇 초 정도 쳐다본 뒤, 천천히 손을 뻗어 첫 페이지를 펼쳐봤다.

치카모리의 말대로 그곳에는 어떤 방정식이 빼곡히 적혀 있었다.

물론 그것은 중학생이나 고등학생이 배울 법한 알기 쉬운 방정식은 아니었다.

종횡무진 지면을 누비고 다닌 숫자와 그리스 문자들. 이해할 수 없는 기호로만 가득찬 그것은, 방정식이라기보다는 차라리 수학을 테마로 한 전위 예술처럼 보이기까지 했다.

"……?"

그리고 다소 기묘하게도, 방정식이 적혀 있는 종이의 오른쪽 절반이 거칠게 찢어져 있었다. 방정식도 중간에 찢겨 있었는데, 그것이 고의로 찢은 것인지 치카모리가 실수한 것인지는 알 수 없었다.

다음 페이지, 그다음 페이지에도 치카모리가 쓴 것 같은 방정식이 나열되어 있었는데, 페이지를 팔락팔락 넘기는 동안 또하나 기묘한 사실을 알아차렸다.

모든 페이지에 적혀 있는 방정식이 똑같았다.

나는 딱히 수학에 조예가 있지는 않다. 때문에 그 방정식이 무엇을 도출하려는 것인지 알 수 없지만, 모든 페이지의 상단에는 똑같은 방정식이 나열되어 있었고, 하단에는 다양한 주석이 적혀 있었다. 그 주석을 읽기 위해 집중하려던 순간——

소리가 들렸다.

뒤를 돌아보자 회의실 문을 연 치카모리가 그곳에 서 있었다. 아무래도 내가 노트를 보는 걸 알아차리고 멈춰 선 것 같았다.

다소 겸연쩍었지만, 들통난 이상 어쩔 수 없는 노릇이었다. 이럴 때는 오히려 강하게 나가는 것이 방법이다.

펼쳐 있던 노트를 덮고 치카모리에게 건네주기 위해 한 발짝 다가가서,

"이 방정식은 자네의 연구 과제인가? 아주 열심히——"

"Warning, Avertissement, Advertencia, تحذير, 报警, предупреждение, Aviso, Warnung, 경고. 열람에는 권한이 필요합니다. 열람에는 권한이 필요합니다."

한 발짝 물러났다.

거리를 두고 숨을 죽였다. 어깨에 메고 있던 가방은 이미 바닥에 떨어졌다. 왼손에 들고 있던 노트를 책상 건너편으로 밀어서 보내봤지만, 치카모리의 시선은 미동도 하지 않았다. 언제라도 공격할 수 있도록 오른손을 몸 앞으로 내밀었다.

치카모리는 움직이지 않았다.

금속을 연상케 하는 무기질적인 목소리로 세계 각국의 언어와 수수께끼의 말을 중얼거리더니, 눈동자를 홱 위쪽으로

뒤집고는 흰자위를 드러냈다.

왠지 다른 누군가가 쳐다보는 듯한 기척이 느껴졌다.

"…멋대로 훔쳐봐서 미안해."

어떻게 된 일이든, 우선은 정보 수집이다.

최대한 면목없다는 표정을 짓고 미안하다는 투로 말했다.

"자네가 구체적으로 어떤 연구를 하고 있는지 궁금했거든. ─저기, 이봐! 듣고 있어?"

눈앞에서 손가락을 두 차례 튕기자, 치카모리가 한 차례 눈을 살짝 깜빡이더니 초점을 되찾기 시작했다.

"무슨 일 있으신가요?"

그것은 이쪽이 할 말이라고 생각했다.

일반적으로 말해서, 그날 처음 만난 사이에 흰자위를 드러내고 영문 모를 말을 하는 녀석은 공격당해도 어쩔 수 없다고 생각한다. 그런 기묘한 경고까지 받은 이상 더더욱 그렇다.

그러나, 경고를 받을 때 느껴졌던 누군가의 시선이 마음에 걸렸다.

만약 누군가가 이곳을 보고 있는 거라면 그다지 스탠드를 내보내고 싶지 않다.

"치카모리 군."

책상 한가운데까지 날아간 노트를 집어들고 그에게 건넸

다. 치카모리는 미소를 되찾고 그것을 받았다.

정보 수집은 고전적인 방법에 의존하기로 했다.

"이 노트에 적힌 방정식 말이야, 무슨 방정식이지?"

그렇게 한마디 던진 순간, 치카모리의 미소가 경직되었다.

"그 말씀은?"

"드레이크 방정식은 인류와 접촉 가능한 외계 문명의 수를 추론하는 거잖아? 마찬가지로 그 방정식에도 역할이 있을 텐데. 나한테는 의미 불명의 기호가 나열되어 있는 것으로밖에 보이지 않지만 말이야."

그 말을 들은 치카모리는 손에 든 노트를 천천히 자기 가슴 쪽으로 끌어당겼다.

잠시 머뭇거린 뒤, 말을 고르는 것처럼 신중한 표정으로,

"…이 방정식은 다른 차원에 간섭하기 위한 것입니다."

"다른 차원이라."

역시 수학 같은 것을 연구하는 녀석들은 조금 별나다는 생각이 들었다.

그러나 치카모리에게도 자신의 발언이 오해를 부를 수 있다는 자각은 있었던 모양으로,

"다른 차원이라고 하면 웃으실지도 모르겠지만, 지금은 초 끈 이론을 포괄하는 M이론에 의해 다른 차원이 존재할 가능성이 결코 낮지 않습니다."

"스톱 스톱! 그런 어려운 얘기는 빼주면 안 되겠어?"

"아, 죄송합니다. 저도 모르게 너무 열을 올렸나보군요. 학부 친구도 좀처럼 상대해주지 않아서 말이죠."

당장이라도 상체를 불쑥 내밀 기세였던 치카모리가 머쓱한 듯이 머리를 긁었다. 서로 미소를 지은 뒤,

"─다른 차원에 간섭할 수 있는 건가?"

"방정식만 풀 수 있으면요."

턱에 손을 짚고, 눈을 가늘게 떴다.

나를 놀리고 있는 것일까? 내가 만화의 소재로 써주기를 원해 자기 주변에서 있었던 일을 재미있고 이상하게 각색하는 상대는 질리도록 봐왔다. 그러나 치카모리가 대충 지어낸 이야기를 하는 것처럼 보이지는 않았고, 방정식을 보았을 때 그가 내뱉은 경고에 관해서는 아직 아무것도 해결되지 않았다. 그리고 무엇보다 내가 재미있을 것 같다고 느꼈다.

결국 중요한 것은 그것이다.

"마음에 들었어. 그 방정식, 괜찮다면 취재하게 해주지 않겠나?"

"하지만, 지금까지 취재하신 외계 문명이 보낸 전파 신호의 이야기는…"

"외계 같은 건 아무래도 상관없어."

게다가 넓은 의미에서 보면 수수께끼의 방정식을 탐구하

는 것도 미지와의 조우라고 할 수 있다.

치카모리는 작게 한숨을 쉬더니 손에 든 노트의 표지를 톡톡 두드렸다.

"이 방정식은 공간 구조나 물리 정수 등에 관련된 계수를 이용해 다른 차원에 간섭하기 위한 열쇠가 되는 숫자를 찾는 겁니다."

"하지만 아직 풀리지 않았지?"

치카모리는 고개를 끄덕였다.

"풀리지 않는 이유는 지극히 심플합니다. 그것은 이 방정식이 완벽한 것이 아니기 때문이지요."

그러고는 책상에 내려칠 듯한 기세로 노트를 펼치더니, 방정식의 찢어진 부분을 손가락으로 가리켰다.

"이 방정식을 고안한 것은 이 대학에 재적했던 학생으로, 저는 그것이 적힌 노트를 이어받은 것뿐입니다. 그때 이미 노트의 일부가 누군가에 의해 찢겨 있었지요."

"그럼 그 방정식을 고안했다는 학생한테 물어보는 건 어때?"

"방정식을 한창 풀던 중에 쓰러졌습니다."

의아해하는 내 시선에, 치카모리는 이야기를 계속했다.

"쓰러진 지 이제 곧 3년, 아직도 의식이 돌아오지 않습니다. 아마 그 사람이 회복될 일은 없겠지요. 방정식의 후반부

에 뭘 대입하면 식이 성립할지, 전 아직도 거기서 막혀 다음
으로 넘어가지 못하고 있습니다. 하지만 어떻게든 그 방정식
을 풀고 싶습니다."

"수학자의 열정이란 건가? …미안한 말이지만 풀리지 않
는 방정식에 아무리 시간을 써봤자 소용없을 것 같은데 말
이야."

그 말을 들은 치카모리는 한순간 경직되는가 싶더니, 천천
히 고개를 저었다.

"쓰러진 사람은, 제 애인입니다."

그러더니 치카모리는 침묵했다.

그 모습을 보고서, 유감스럽게도 단숨에 마음이 싸늘해지
기 시작했다.

"…그렇군."

먼저 취재를 하고 싶다고 한 건 나였다.

때문에 감히 할말은 못 되지만, 솔직히 말해서 이 이야기
는 영 수상쩍다.

다른 차원에 간섭할 수 있다는 방정식의 이야기는 재미있
지만, 그 방정식의 일부가 누군가에 의해 찢겼다? 자기 애인
이 쓰러졌다? 아직도 풀지 못했다? 애당초 그런 사적인 이야
기를 처음 만난 사이에 술술 털어놓나, 보통?

치카모리는 나를 빤히 쳐다보고 있었다.

나도 그를 쳐다보고 사려 깊게 고개를 끄덕이며 가방에 필기구와 메모장을 넣었다.

"재미있는 방정식이군. 집에 가서 단편에 쓸 수 있을지 콘티를 짜보지. 오늘은 고마워. 여러모로 도움이 많이 됐어."

"──얼마 남지 않았습니다."

치카모리의 입에서 스며나오듯 나온 그 말은, 돌아갈 준비를 시작한 내 행동을 멈출 만한 기백이 있었다.

"의사도 가망이 없다더군요. 그 사람은 점점 쇠약해져 언제 무슨 일이 일어나도 이상하지 않을 거라고 합니다. 그럼, 하다못해 그 사람의 한이라도 풀어주고 싶습니다."

치카모리의 말에는 무게가 있었다.

그가 견뎌왔을 속수무책의 3년간, 그 질량이.

"제가 로한 선생님에게 이 말씀을 드린 건, 이 방정식을 널리 퍼뜨리면 이걸 풀기 위한 단서를 모을 수 있지 않을까 싶었기 때문입니다."

막 어깨에 멨던 가방을 책상에 내려놓고 팔짱을 끼었다.

그를 조사해볼 필요는 없을 것이다.

이 세상에 처음 만난 사이에 신용할 수 있는 사람은 그렇게 많지 않다. 그러나 이해가 일치하는 상대는 얼마 되지 않는 예외 중 하나라고 생각한다.

"어떠신지요? 이 방정식을 단편에 써주시지 않겠습니까?"

결과에는 반드시 모종의 원인이 존재한다.

치카모리의 애인이 방정식을 한창 풀다가 쓰러진 데에는 무슨 이유가 있을 것이다. 내 마음속에서 호기심이 부글부글 끓어오르는 것을 확실히 알 수 있었다.

역시 호기심이란 돈이나 명예 이상의 인센티브가 될 수 있을지 모른다.

진지한 표정으로 이쪽을 쳐다보는 치카모리의 눈동자를 똑바로 들여다보며 천천히 고개를 끄덕였다.

"약속하지. 그나저나… 자네가 휘말린 상황은 유감이야. 상심이 컸겠군. 가슴 아픈 일이야. 3년이라, 그렇게 오랫동안 계속해서 애인을 생각하며 그 한을 풀어주고 싶다는 일념으로 방정식을 푸는 데에 열중해온 자네의 심정을, 내가 어찌 다 헤아리겠나. 내가 해줄 수 있는 게 있으면 언제든지 말하라고. ——그런데 이건 단순한 호기심에 묻는 건데, 자네 애인이 입원한 병원은 어디지?"

치카모리는 명백히 곤혹스러워하고 있었다.

"…죄송하지만, 그건 좀."

누군가가 보고 있는 것 같은 기척은 완전히 사라졌다.

"아니다 아니야. 말 안 해도 돼. 처음 만난 사이에 애인이 입원해 있는 병원을 알려주는 것도 좀 그렇지. 그럼, 이 오른손을 좀 봐주겠어?"

흔쾌히 정보를 제공해준 치카모리와 작별한 뒤, 치카모리의 애인이 입원해 있는 병원을 방문한 것은 오후 5시쯤으로 기억한다.

4층의 간호 스테이션에서 면회 카드를 받고 스테이션 내부에 걸어둔 해당 층의 입원 환자 일람표에서 그녀의 이름을 찾아봤더니, 빨간 자석으로 표시가 되어 있었다.

손가락으로 카드 홀더의 스트랩을 빙빙 돌리며 그녀의 병실을 향해 걸었다.

뭐라 형용하기 어려운 적막감이 감도는 병원 복도. 의료 기구가 잔뜩 실린 들것 옆을 지나는 순간, 병원 특유의 크레졸 비누액 냄새가 코를 찔렀다.

──치카모리의 기억은 수정해뒀다.

이 병원에서 마주치게 되면 귀찮은 관계로, 그의 머릿속은 오늘 아침부터 계속 도서실의 접수 창구에서 업무를 보고 있는 것으로 되어 있다.

그녀의 병실을 발견하고 난간에 비치되어 있는 알코올로 손을 소독한 뒤, 병실 문을 열었다.

자산가의 딸인지, 3년이나 입원해 있는 병실은 개인실이었다.

흰 침대에 누워 있는 여성을 힐끗 보았다.

의식 불명, 자발 호흡은 가능. 대학생 정도의 연령. 치카모리의 정보대로였다.

벽 쪽에 있던 연녹색 둥근 스툴을 끌어와 침대 옆에 앉았다. 침대 옆 선반에 놓인 꽃병에는 싱싱한 노란 거베라가 꽂혀 있었다.

오른손으로 스탠드를 발동했다.

그녀의 야윈 뺨이 적층 형태로 변화하기 시작했다. 천천히 숨을 내쉰 뒤, 얇게 펼쳐진 페이지를 손가락으로 쓸어 첫 장을 넘겼다.

어렸을 적의 기억부터, 천천히.

흥분, 불쾌, 유쾌, 경이, 호기심, 긴장, 안심, 불안, 공포, 넓은 집, 위층까지 뻥 뚫린 천장, 대형 반려견, 코를 간질이는 노송나무의 향기, 책으로 둘러싸인 서재, 초등학생 때 부모님의 전근으로 이사를 가느라 친구와 헤어지며 느낀 섭섭함과 무력감, 중학생 때 경험한 쌉싸름한 첫사랑의 추억, 고등학생 때 체육 대회가 끝나고 흙투성이로 참가한 뒤풀이, 대학생 때 치카모리와 데이트를 하는데 어째서인지 유료 낚시터에 데리고 가서 깜짝 놀랐던 일.

——내 스탠드, '헤븐즈 도어'의 진수는 여기에 있다고 생각한다.

　사람은 자신의 인생밖에 경험하지 못하지만, 나는 '책'이라는 형태로 타인의 인생을 간접적으로 경험해서 세상사를 더욱 깊이, 다면적이고 객관적으로 파악할 수 있다.

　그것들은 모두 키시베 로한이라는 한 개인에게 입력되고, 호기심으로 씹히고, 상상력으로 삼켜지고, 지혜와 기술과 창조력으로 이야기는 재창조되어 최종적으로 만화라는 형태로 출력되는 것이다.

　그녀의 뺨이 변화한 페이지에 처음으로 '방정식'이라는 글자가 나타난 것을 보고 손을 멈췄다.

　시기는 대학 3학년 초가을, 이것은 치카모리의 이야기와도 맞아떨어진다. 그리고 다시 뺨을 건드린 순간,

　"——윽."

　누군가의 시선.

　자신도 모르게 고개를 들고 병실 문을 향해 눈길을 돌렸다.

　문은 닫혀 있었다.

　가라앉지 않는 심장 박동을 진정시키기 위해 크게 심호흡을 반복했다.

　마치 수업시간에 교과서의 단락을 잘못 읽은 순간 반 친

구들의 시선이 일제히 집중되는 것만 같은, 생생한 착각이 들었다. 단 한순간 일어난 일이었는데도, 삘삘 나는 식은땀에 헤어밴드가 축축해지는 것이 느껴졌다.

또다시 그녀 뺨의 페이지를 손가락으로 쓸어넘기려고 하자, 누군가가 등뒤에서 빤히 쳐다보고 있는 듯한 맹렬한 감각에 사로잡혔다.

순간적으로 뒤를 돌아봤지만, 등뒤에는 커다란 유리창뿐.

여름의 검푸른 하늘 아래에는 한적한 주택가가 펼쳐져 있었고, 그 정면에는 높이 간판을 내건 오손 편의점이 보였지만, 당연히 누군가가 나를 쳐다보고 있지는 않았다. 편의점에는 여름방학을 만끽중인 아이들 셋이 자전거 옆에서 아이스크림을 먹고 있었다.

다시 페이지로 눈을 돌려, 누군가의 시선에 등이 근질거리는 감각을 억지로 꽉 눌렀다.

그리고, 그녀 뺨의 페이지를 넘겼다.

―대학 도서관의 신설로 구 도서관의 문헌을 연구실로 옮기던 중, 나는 도서관의 책장과 책장 사이에서 먼지를 잔뜩 뒤집어쓴 수기手記를 발견했다. 그것은 과거 이 대학에 재적했던 물리학자의 수기로, 거기에는 다른 차원에 간섭하기 위한 아이디어가 기록되어 있었다.

이거다.

자세를 고쳐 앉고서, 또다시 그녀 뺨의 페이지를 넘겼다.

나는 문헌을 옮기는 것도 잊고 학교 카페에서 그 수기에 푹 빠져들었다.

거기에 기록되어 있던 아이디어를 토대로 고안한 방정식은, 3차원이라는 제약에 속박된 우리도 몇 가지 수학적 문제를 해결하면 전혀 다른 물리 법칙을 가진 공간으로 액세스할 수 있다는 가능성을 시사했다.

몇 가지 수학적 문제. 그것은 크게 세 가지로 나뉘었다.

첫번째. 정수定數를 모른다.

정수란, 항상 변화하는 방정식 가운데 유일하게 변화하지 않는 닻과 같은 숫자다. 정수를 모르면 방정식을 풀 수 없다.

이 방정식은 풀어낸 답을 다음 방정식의 정수에 대입하고, 그렇게 풀어낸 답을 또 다음 방정식의 정수에 대입하는 식으로 반복된다. 그 답은 한 자릿수일 때도 있는가 하면 일곱 자릿수일 때도 있다. 다시 말해 하나씩 계산해나가는 것 외에는 방법이 없다. 하나의 숫자를 검증하는 데에는 15분 정도의 시간이 걸린다.

두번째, 컴퓨터에 의한 연산은 의미가 없다.

이론상, 생각할 수 있는 정수는 4차원의 11승인 419만 4304가지나 된다.

가령 100억 가지의 계산이 있다고 해도, 컴퓨터로 계산하면 차 한 잔 마시는 동안 연산이 끝나기 마련이다. 그러나 실제로는, 컴퓨터에 의한 연산은 아무리 시간이 지나도 끝나지 않고 마치 원주율처럼 영원히 계속되는 것 같았다. 이 방정식은 단지 풀기만 하면 되는 것이 아니라는 걸 나는 깨달았다.

이것은 약간 골치 아팠다.

이 방정식은 풀어낸 답을 다음 방정식의 정수에 대입하고, 또 다음 방정식의 정수에 대입하는 식으로 반복된다.

다시 말해, 이 방정식은 한 번에 하나밖에 풀 수 없다. 때문에 419만 4304명이 있으면 한 번의 계산으로 끝낼 수 있다는, 인해 전술을 쓰는 것은 불가능하다.

그리고 세번째, 누군가 나를 보고 있다.

이 방정식의 원형을 떠올린 그 순간부터 지금까지, 쭉 누군가 나를 지켜보고 있는 것만 같은 기척이 느껴진다. 이 기척은 계산에 몰두하면 서서히 강해지는데, 이것은 답에 가까워지고 있다는 증거가 아닐까 하고 나는 생각한다. 이 감각은 방정식을 계산할 때 유일하게 변화하는 것이기 때문이다.

이 감각이 임계점에 도달할 때, 무언가가 일어난다.

그것이 이 방정식의 진정한 답이다.

물론 컴퓨터 없이 420만 가지에 가까운 계산을 하는 것은 불가능에 가깝다. 나는 교수님이나 친구에게 도움을 요청했지만, 다른 차원에 대한 간섭이라니 바보 같다며 어울려주지 않았다.

그래도, 나는 포기하지 않았다.

여기서 일단 손을 멈췄다.

〈헤븐즈 도어〉가 읽는 기억은 일반적으로 사실의 나열에 지나지 않는다. 그러나 방정식에 관한 그녀의 기억은 기이할 정도로 조목조목, 그러면서도 알기 쉽게 적혀 있었다. 그녀에게는 이 기억이 그만큼 인상 깊었다는 의미인지도 모른다.

근처에 종이가 없었던 관계로, 내 위팔을 메모장으로 써서 펜으로 계산을 해나갔다.

한 시간에 네 가지 숫자를 대입할 수 있으면, 가령 하루에 여덟 시간 작업한다고 치고, 그것을 365일 동안 계속하면 1년에 대입할 수 있는 숫자는 1만 1680가지. 이 페이스로는 모든 숫자의 계산을 끝낼 때까지 360년 정도 걸린다.

이 순간도 등을 찌르는 것 같은 시선을 애써 무시하려고 노력하면서 또다시 그녀의 뺨을 건드렸다.

그럼 그녀가 포기하지 않고 어떻게 했는지를 알아보자.

나는 이렇게 생각했다.

물리학자의 아이디어를 빌렸다고는 해도, 나 같은 일개 수학도가 떠올린 방정식이 세상에서 처음 발견된 것이라고는 생각하기 어렵다.

분명 앞선 이들이 있었을 것이다.

그 발상은 옳았다.

세심한 주의를 기울여봤더니, 네덜란드어 번역서 『타펠 아나토미아*』의 빈 공간에서, 메트로폴리탄 미술관이 소장하고 있는 모네의 그림 속 푸른 하늘에서, 베를린 장벽 붕괴를 담은 TV 중계 영상 속 누군가가 치켜들고 있는 플래카드에서, 미국 동시 다발 테러의 다음날 신문 광고란에서, 몇 년 전 홍백가합전 오프닝 영상에서, 전 세계 도처에서 그 흔적을 찾을 수 있었다. 거기에 남겨진 날짜와 정수는 단순한 숫자의 나열로만 보이지만, 누군가의 인생이 걸린 연구 성과인 것이다.

방정식을 풀어낼 것이다.

그것을 위해 몇 백 년이나 걸쳐 이어져온, 인류의 무차별 대입 공격(브루트 포스).

같은 시간을 공유하고 있지는 않아도, 나는 혼자가 아니다.

페이지를 넘기던 손을 멈추고 미네랄워터가 든 페트병을 향해 손을 뻗었다. 물기가 맺힌 페트병의 뚜껑을 돌리고 내용물을 목구멍에 들이붓자, 냉수가 위장으로 쏟아지는 기분 좋은 감각이 느껴졌다.

---

* 18세기 일본의 번역 의학서 『해체신서』의 저본.

—아마도 이럴 것이다.

이 방정식에 도달하는 사람은 분명 앞선 이와 같은 생각에 도달해, 어딘가에 그 족적을 남겼을 거라고 추측된다.

때문에 우선은 연구 성과를 조사하는 것이다.

그리고 주의 깊게 찾아보니 전 세계 도처에 '몇 년 몇 월 며칠에 여기까지 계산했다'는 단서가 남아 있다. 그리고 가장 새로운 날짜의 정수를 이어받아 연구자가 그다음 정수를 대입해나간다.

스스로 후계자를 찾을 필요도 없고, 계산한 것을 누군가에게 전할 필요도 없다. 이 방정식의 가치를 알아보는 사람만이 후계자가 될 수 있다.

이 방정식을 다 풀었을 때, 과연 무슨 일이 일어날 것인가. 그 호기심만이 그녀와 다른 사람들을 움직이고 있었다.

그녀 뺨의 페이지는 얼마 남지 않았다.

방정식을 계산하기 시작한 지 2년이 지났을 무렵, 나는 일상생활에 지장이 있을 정도로 누군가가 보고 있는 듯한 감각에 시달렸다.

등뒤에서 누군가 숨을 죽이고 있는 것 같은 감각을 견딜 수 없어 최대한 벽에 등을 맞대게 되었다. 밤중에 혼자서 길을 걸을 수 없게 되어 기숙사에는 친구와 함께 돌아가곤 했다. 살짝 열려 있는 문이나 커튼의 틈새가 견딜 수 없이 싫어졌다.

그러나 그것은 답에 가까워지고 있다는 증거이기도 했다.

아마도 다음, 그다음 숫자가 마지막 피스(정수)일 것이리라.

그것을 깨달은 순간, 나는 지금까지 풀어내려고 했던 방정식에 한없는 공포를 느꼈다.

이 시선은 자식을 아끼는 사랑의 시선이라기보다, 범죄를 꾸짖는 비난의 시선에 가까웠다. 그것이 무엇을 의미하는지 모를 정도로 나는 어리석지 않았다.

사귀고 있는 사람에게 사정을 설명해둬야 할지 고민했지만, 결국 포기했다. 방정식을 다 풀었을 때 어떤 일이 일어날지 모르는 이상, 불필요한 정보를 남기는 것은 잔혹하다고 생각했기 때문이다.

일전에 방정식에 관한 세부 사항을 한 시간에 걸쳐 털어놓는 것을 영상으로 촬영한 적이 있다.

이렇게까지 이야기하면 누구라도 방정식을 이해할 수 있으리라고 자부했지만, 막상 영상을 다시 봤더니 주구장창 영어나 스페인어, 아랍어 등으로 경고를 하고 있는 내 모습이—나는 일본어와 영어, 대학교에서 수강한 에스페란토어(인공 언어) 외에는 인사말 정도밖에 모르는데—기록되어 있었다.

다른 날에는 방정식을 기록한 노트를 일부러 펼쳐둔 채 연구실에 방치해본 적도 있다. 그러나 누구 하나 이 방정식을 문자 매체로 인식하지 못했다. 게다가 흥미롭게도, 방정식의 일부가 결손된 상태라면 나머지 부분은 사람들에게 인식이 되는 것이었다.

방정식이 널리 알려지지 않은 이유는 아마도 이 때문이리라. 마치 방정식 그 자체가 풀리는 것을 거부하고 있는 것 같은 현상이었다.

—그렇기 때문에 더더욱, 나는 손을 멈출 수 없었다.

지난 500여 년에 걸쳐 방정식을 풀기 위해 지혜를 짜냈던 앞선 이들의 집념을 무無로 돌릴 수도 없었고, 무엇보다도 내가 이 방정식을 다 풀었을 때 어떤 일이 일어날지 궁금했다.

호기심은 인간을 인간답게 해주는 근원적인 욕구이다.

나는 내 연구 성과를 온갖 곳에 남겼다. 국내외의 지인에게도 부탁해 말 그대로 전 세계에, 내가 발견한 정수에 100을 더해서.

이렇게 하면 다음에 정수를 풀려고 하는 사람은 틀린 정수로 검증하기 때문에 방정식을 풀 수 없게 될 것이다. 지금까지의 역사와 전통을 악용하는 것 같아 마음에 걸리지만, 만에 하나 방정식을 다 풀어도 아무 일도 일어나지 않는다면 다시 사실을 공표하면 된다.

게다가, 가령 내게 무슨 일이 일어난다고 해도 먼 미래에는 이 방정식을 풀 수 있을지도 모른다.

페이지를 넘길 때마다 등뒤의 시선이 강해지는 것을 느꼈다.

시선은 이미 물리적 질량을 가지고 있었지만, 떨리는 손가락은 멈추지 않았다.

남은 분량은 불과 몇 페이지였다.

─그날, 나는 정수를 대입해 방정식을 풀어냈다.

정수는 3286764다. 복잡한 계산을 거친 끝에 나온 답은 D=37이었다. 정수도 답도 숫자 그 자체에 의미는 없다. 중요한 것은 앞으로 무슨 일이 일어날 것인가이다.

그 순간 2년 동안 나를 괴롭혀온 시선이 사라진 것을 깨달았다.

과연 이제 무슨 일이 일어날 것인가.

나는 의자에 앉아 기다렸다. 시계는 오전 2시 17분을 가리키고 있었다. 연구실에 다른 사람은 없었다. 에어컨과 컴퓨터가 가동하는 소리 외에는 아무것도 들리지 않는 방에서, 눈을 감고 3분 정도 기다렸을까.

천천히 눈을 떴다.

눈앞에는 컴퓨터 모니터가 있었고, 거기에는 내가 입력한 방정식과 답이 그대로 표시되고 있었다.

나는 크게 한숨을 쉬며 하늘을 올려다봤다.

이만저만 김이 새는 것이 아니었다.

내일 다시 한번 똑같이 시도해보고, 그래도 아무 일도 일어나지 않으면 포기하자.

내 지난 2년이 장대한 시간 낭비였을지도 모른다는 걱정은 하지 않았다.

"그럼 대학 생활을 하면서 가장 열심히 한 일이 뭔지 말씀해보시겠어요?"

"예. 저는 어떤 방정식을 발견하고 거기에 몰두했습니다. 그 방정식은 전 세계에서 연구를 계속해온 것으로, 그걸 제가 이어받은 것입니다.

음, 이것도 나름대로 취업 면접에 쓸 만한 건수가 될 것 같다.

힘차게 의자에서 일어나 컴퓨터 전원을 끈 뒤, 책과 강의에 쓸 자료로 꽉 찬 백팩을 메고서, 연구실 문 앞에 멈춰 섰다. 문에 붙어 있는 출입 관리표에 이름과 퇴실 시간을 적어야 했다.

벽시계를 힐끗 보았다.

시각은 오전 2시 26분.

나는 퇴실 시간을 0226이라고 적고, 이름 란에 7866194라고 적었다.

내가 잘못 본 것인가 싶었다.

그러나, 몇 번을 다시 보아도 내 이름은 숫자의 나열이 되어 있었다.

—누군가가 뒤에 서 있다.

명백히 실체가 있는 감각에, 나는 작게 비명을 지르며 반사적으로 뒤를 돌아봤다.

아무도 없었다.

그러나, 내 주변을 에워싼 모든 글자가 숫자로 변해 있었다.

서가에 꽂혀 있는 책등의 글자가, 바닥에 흩어져 있는 인쇄물의 글자가, 모니터에 표시되고 있는 종료 화면의 글자가, 누군가가 학교 식당에서 가져온 '냉라면 개시'라는 벽보가, 조금 전까지 마시고 있었던 우롱차 페트병의 라벨이, 벽에 붙어 있는 제80회 연구실 바비큐 파티의 안내문이, 무기질적인 숫자의 나열로 변해갔다.

그 모든 숫자가 일제히 '5'로 변하는 순간 온몸의 털이 곤두서는 것 같은 불안감이 전신을 휘감았다. 그리고 숫자가 '4'로 변하는 순간, 그것은 확신이 되었다.

수차례 경고의 시선을 받은 후에 이어지는 카운트다운.

이 카운트다운이 0이 되는 순간, 무언가가 일어난다.

나는 폭발적인 심장 박동과 함께 책상에 놓아둔 노트로 달려들었다.

누군가가 보기 전에 이 방정식을 말소해야 한다.

정확히는 방정식에 이르는 물리학자의 아이디어를.

노트의 첫 페이지에는 방정식과 그 주변에 각종 주석을 적어두었다. 그러나 그것도 전부 무의미한 숫자로 변해 있었다.

첫 페이지에 적힌 방정식을 뜯어버리려고 했지만, 떨림이 멎지 않는 손으로 뜯어낸 건 방정식의 후반부와 물리학자가 남긴 아이디어가 전부였다. 그러나 물리학자의 아이디어가 소실되면 누군가가 방정식을 풀 일은 없을 것이다.

모든 것이 3이 되었다.

앞으로 3초. 이 연구실에서 탈출하는 것은 불가능한 시간.

연구실의 문서 세단기는 내 위치에서 대각선 맞은편에 있다. 연구 노트를 거기에 넣을 시간은 없다.

다시 말해 지금 이 자리에서 당장 이 종잇조각을 처분할 수밖에 없는 것이다.

내 주변에 있는 것은 컴퓨터, 모니터, 종횡무진으로 뻗어 있는 케이블, 우롱차가 반쯤 들어 있는 페트병, 내 백팩, 바닥에 흩어져 있는 서류 더미, 나무 책상, 서류 더미, 쓰레기통.

—쓰레기통에 버릴까?

안 돼. 내가 어떻게 될지는 알 수 없지만, 사건이 일어난다면 쓰레기통도 틀림없이 뒤져볼 것이다.

서류 더미에 섞을까?

나무를 숨기려면 숲속에. 그런 건 누구나 알고 있다. 그러나 책상에 놓아둔 내 연구 노트가 뜯겨 있는 이상 당연히 그 부분을 찾아볼 것이다.

불태울까?

아아, 이럴 줄 알았더라면 고등학생 때 담배를 끊는 것이 아니었는데.

아니다. 다른 관점에서 생각하자. 중요한 것은 종잇조각이 아니라 거기에 적힌 글자다. 펜으로 적힌 글자를 지우려면——

모든 것이 2가 되었다.

순간적으로 우롱차가 들어 있는 페트병을 집어들었다. 엄지손가락으로 튕기다시피 해서 뚜껑을 열고, 내용물을 종잇조각에 부어버렸다.

기억이 나지 않는다. 이렇게 중요한 것이라면 유성펜으로 적었을 것 같은 기분이 든다. 그러나 만약 수성펜으로 적었다면 글자가 번져서 읽을 수 없게 될지도 모른다.

그러나 당연하게도 펜의 잉크는 유성이었다.

망연자실해서 우롱차에 젖은 종잇조각을 쳐다봤다. 남은 시간이 얼마 없다. 지금 이 자리에서 움직이지 않고 이 종잇조각의 정보를 말소한다는 것은, 더이상——

모든 것이 1이 되었다.

있다. 단 한 곳, 종잇조각의 정보가 드러날 가능성이 적은 곳이.

나는 종잇조각을 급히 구겨서 입으로 욱여넣었다. 그리고 감기약을 삼키는 것처럼 목으로 넘겼다. 젖은 종이가 목구멍에 들러붙으면서도 서서히 위장으로 내려가는 것이 느껴졌다.

이것으로 안심이다. 이 방정식은 분명 싱귤래러티(기술적 특이점)를 맞이하게 되면, 거기까지 과학 기술이 발전하면 풀어낼 수 있을 것이—— 당신은 누구?

모든 것이 0이 되었다.

자신도 모르게 다음 페이지를 넘기려고 손가락을 움직였지만, 페이지는 그것으로 끝이었다. 동시에 그동안 느껴지던 누군가 자신을 보고 있는 듯한 감각이 사라지는 걸 느꼈다.

과연 방정식의 단편이 발견되지 않을 만도 했다. 아무리 치카모리라도 그녀의 뱃속까지 찾아볼 순 없었을 것이다.

말없이 잠들어 있는 그녀를 빤히 쳐다봤다.

호기심은 인간을 인간답게 해주는 근원적인 욕구, 그녀가 말 한번 잘했다.

적어도 내 근원적 욕구는 아직 충족되지 않았다.

이 방정식에는 아직 수수께끼가 많이 남아 있다.

어째서 그녀는 숫자에게 습격당한 것일까? 그것은 방정식을 풀어낸 사람에게 내리는 저주 같은 것일까? 방정식을 풀어내면 다른 차원에 간섭할 수 있는 것이 아니6나? 그리고 무엇보다——

그녀는 마지막에 누구를 본 것9까?

방정식을 풀어낸 사람의 의식이 다른 차원으로 날아가버리는 것인지, 새로운 개념에 뇌가 과부하를 1으키는 것인지, 어느 쪽도 확실하지 않다. 그러나 이 방정식에는 명백히 불가4의한 힘이 감춰져 있8, 뭐27? 머리664291.

——누군가의 시선.

하나가 아니다.

방안 도처3서 누군가가 나를 보고 있는 것 같은 압박감이 느껴졌다. 그리고 그보4 더 강한, 등뒤에 누군가가 서 있는 것만 같은 감각이 느84다.

그동안 앉6 있던 의자를 박차며 일어섰다.

선수필승이다. 선수를 빼앗겼다간 압도적으로 불리해5다.

오른팔을 휘두르는 반동으로 허리를 비틀며 스0드를 발동, 돌9보2 즉시 한 방 먹여———

거기엔 아무도 없었다.

그와 동시에 방금 전까지 머릿속을 잠식하던 숫자가 말끔히 사라졌음을 깨달았지만, 그것이 호전의 조짐이라고는 생각하기 어려웠다.

눈앞에 펼쳐진 한적한 주택가 한복판의 오손 편의점 간판에 적힌 영어가 '04521'로 변해 있었기 때문이다.

황급히 몸을 돌려 그녀 뺨의 페이지를 다시 살펴보자, 모든 글자가 숫자의 나열로 변해 있었다.

그리고 그 숫자가 일제히 5로 바뀌었다.

"—아아, 제길!"

그녀의 기억을 읽었기 때문인가?

방정식 풀이를 간접 체험해버렸기 때문에 그녀와 똑같은 현상이 내게도 발생된 것일까?

모든 것이 4가 되었다.

누군가 바로 곁에서 숨을 죽이고 있다는 걸 분명히 알 수 있었다. 그러나 뒤를 돌아본다고 한들 아무도 없을 것이다. 그런 짓에 귀중한 시간을 허비하고 싶지 않다. 귓가에 쿵쾅쿵쾅 맥박 소리가 들려왔다. 큰 소리로 외치고 싶은 초조함에 땀이 뻘뻘 났다.

시야가 흔들렸다.

눈앞의 광경이 변해갔고, 그때마다 조금씩 색채가 사라지는 것이 느껴졌다.

내가 살고 있는 모리오초, 슈에이샤가 있는 진보초, 몇 번인가 성묘를 갔던 쿠니미토게 공동묘지, 베네치아에서 스케치한 탄식의 다리, 어둑어둑한 민가의 작은 침대, 어느 대학교 강의실, 할아버지와 할머니가 경영하던 여관의 복도, 별이 가득한 하늘.

그 광경의 변화에 어떤 상관성이 있는 것처럼은 보이지 않았다.

모든 것이 3이 되었다.

1초다.

죽도록 귀중한 1초 안에 이 상황을 정리하자.

내 목적은 이 방정식을 풀어내는 것이다.

이대로 의식을 잃으면 치카모리의 애인이 당한 것과 똑같은 꼴이 된다. 게다가 방정식의 정보를 얻을 수도 없다.

그럼 방정식을 풀어내기 위해서 어떡해야 할까?

누구를 쓰러뜨려야 이 현상을 회피할 수 있을까? 누구를 쓰러뜨려야 이 방정식에 대해 알 수 있을까? 쓰러뜨려야 할 상대는 어디 있을까? 애당초 이 현상에 적이라고 부를 만한 것이 있을까?

모든 것이 2가 되었다.

——있다.

의식이 끊기던 한순간, 그녀는 누군가를 보았다.

누구를 본 것인지는 알 수 없다.

그러나 내 눈앞에도 놈이 나타나면, 놈이 이 방정식 저주의 배후라면, 아직 기회는 있다.

적을 글자는 이미 정했다. '정체를 밝혀라'이다. 승부는 단 1초. 그러나, 나라면 할 수 있다. 한 방 먹여주겠다.

발밑을 받쳐주던 바닥의 감각이 홀연히 사라졌다.

귓가에서 바람이 웅웅거리고, 내장이 붕 떠올라 입 밖으로 쏟아져나올 것 같았다. 떨어지는 감각이 무한대가 되었고——

모든 것이 1이 되었다.

캄캄했다.

어디선가 물이 졸졸 흐르는 소리가 들린다. 사슬이 마찰하는 소리가 들리고, 숨이 콱 막힐 정도로 짙푸른 냄새가 코를 찔렀다. 언제든지 소리를 낼 수 있게 입을 벌리자, 끈적끈적한 침이 구강에서 실처럼 늘어졌다. 멀미 같은 감각에 위장 속 내용물이 역류한다.

등으로 뜨뜻미지근한 바람이 느껴진다. 뒤를 돌아보려고

머리로는 생각했지만, 마치 한 프레임 한 프레임 넘어가는 영상처럼 몸은 천천히 움직일 뿐이었다.

뒤를 돌아보자 그 끝에, 끝없이 펼쳐진 어둠속에, 누군가가 서 있었다.

남자인지 여자인지, 애당초 인간인지 아닌지도 알 수 없었다. 상대의 주위로 희미한 인광燐光이 보였다. 키는 나와 비슷한 정도? 복장은 어두워 잘 보이지 않았다. 피부는 다소 창백했고, 홍채는 검었다. 어느 나라 사람인지 알 수 없는 얼굴이었다. 양팔은 적의가 없음을 나타내려는 듯 아래로 내리고 있었다.

내 뇌는 어째서인지 상대의 자세와 동작으로부터 수학적인 아름다움을 느꼈다.

"헤븐즈 도어ㅡㅡㅡㅡ!"

소리가 입 밖으로 나오기도 전에, 오른팔이 움직였다.

상대의 팔에 확실히 명중했지만, 그곳에 적힌 '628743'이라는 숫자는 스탠드 능력으로서의 효력을 전혀 가지지 못했다.

무너져내리는 의식 속에서, 확실히 보았다.

눈앞에 서 있는 상대는 무의미한 명령이 적힌 왼팔을 들고 씩 웃고 있었고, 그 입가에는 검지손가락을 치켜들고 있었다.

모든 것이 0이 되었다.

거기서 의식이 끊겼다.

"──허억──!"

맨 처음 눈에 들어온 건 침대 아래 떨어진 머리카락이 뒤섞인 먼지였다.

그 자리에서 뒤척이며 손과 무릎을 써서 천천히 일어났다. 쓰러질 때 턱을 세게 부딪혔는지 입안이 조금 욱신거렸다.

왼손에 찬 손목시계를 힐끗 보았다.

"…쓰러진 지 한 2분 됐나."

손목시계의 왼쪽에는 '방정식의 답을 안다면 10분 뒤에 잊어버려'고 적혀 있었다.

그녀의 기억을 읽다가 방정식을 푸는 데에 필요한 시간을 계산하는 김에 적어뒀던 것이다.

"그나저나 위험했어. 예방책이 없었으면 숫자밖에 적지 못할 뻔했군."

〈헤븐즈 도어〉는 선수를 빼앗기면 압도적으로 불리하지만, 그 정반대도 성립한다. 사전에 수집한 정보가 생사를 가르는 사태는 과거로부터 몇 번이고 경험해왔다.

쓰러질 때 휘말려 나동그라진 의자를 다시 일으켜세운 뒤, 땀에 젖어 헝클어진 앞머리 사이로 잠들어 있는 그녀를 내려다봤다.

이 방정식의 저주는 답을 알아내는 것으로 발동된다.

방정식 그 자체에 의사는 없기 때문에, 그런 의미에서 저주라는 표현이 적절하지 않을지도 모르지만.

이 일련의 현상에 적의는 없다.

사과가 땅에 떨어지는 것처럼, 끓는 물이 수증기로 변하는 것처럼, 이것은 단순한 물리 현상에 지나지 않는 것이다.

"…돌아갈까."

바닥에 떨어진 가방을 집어들고서, 잠들어 있는 그녀의 뺨을 스탠드로 건드렸다.

방정식에 관한 서술이 적힌 수십 페이지를 한꺼번에 뜯어 가방에 넣은 뒤, 손가락을 빙글 돌려 스탠드를 해제했다.

몇 초 기다렸다.

그녀가 몸을 천천히 뒤척이고, 입에서 목소리가 나오고, 눈꺼풀이 살짝 움직이기 시작하는 것을 지켜본 뒤, 침대 옆에 있는 너스콜 버튼을 누르고 병실에서 나왔다.

면회 카드를 반납한 뒤 엘리베이터 버튼을 누르고 기다리자, 흐리멍덩한 전자음과 함께 엘리베이터 문이 열리며 젊은 사람이 내렸다.

치카모리였다.

낮에 만났을 때와 변함없는 복장이었지만, 손에는 노란 거베라 꽃다발이 들려 있었다. 낮의 기억을 잃은 치카모리는 물론 나를 알아보지 못했다.

길을 양보하자 치카모리는 가볍게 감사를 표한 뒤 침울한 얼굴로 걸어가기 시작했다.

멈춰 있는 엘리베이터에 탑승해 발뒤꿈치를 축으로 빙글 돌았다. 1층 버튼을 누르며 내게 등을 보이고 있던 치카모리의 목덜미에 '방정식에 관해 잊어버려라'고 적었다.

불평불만 없이 자료 수집을 도와준 데에 대한 보답 정도는 될 것이다.

치카모리는 노크 없이 애인의 병실로 들어갔다.

엘리베이터 문이 닫히기 직전, 병실 안에서 치카모리가 큰 소리로 외치는 것이 들려오는 동시에, 간호 스테이션에 있던 간호사들이 일제히 일어나는 것을 알 수 있었다.

돌아오는 전철은 퇴근길의 직장인들로 그럭저럭 붐볐다.

운 좋게 문 옆에 있는 좌석의 칸막이에 등을 기댈 수 있었다. 몸에 진흙이 들러붙은 것 같은 피로감을 떨쳐내듯 천천히 큰 숨을 내쉬었다.

나는 여기가 좋다.

정말 안정된다.

아직 은은하게 푸른 밤하늘에는 흰 구름이 엷게 떠 있었고, 수많은 가닥의 검은 선이 자아낸 거대한 철탑이 산의 능선 너머까지 일정한 간격으로 이어진 것이 보였다. 가로등과 광고판을 비추는 전구가 빛의 선으로 바뀌고, 주택가의 드문드문한 불빛에서 묘한 향수가 느껴졌다. 마지막으로 누군가와 저녁식사를 한 것이 언제였을까, 하고 문득 생각했다.

차창 너머로 보이는 캄캄한 공동묘지를 보면서, 방정식에 관해 이것저것 생각했다.

누군가 보고 있는 듯한 감각.

그것은 일종의 경고일 것이다.

사바나의 얼룩말을 응시하는 것은 포식자밖에 없다. 누군가가 자신을 사냥감으로 노리고 있을 가능성을, 희미한 위화감을 통해 추측한 뇌의 방위 반응. 그것은 인류가 먹이 사슬의 하위에 있던 시절의 흔적이다.

"이번 역은 모리오. 내리실 문은 오른쪽입니다. 출입문 가까이 계신 분은 문이 열리고 닫힐 때 주의하시기 바랍니다."

치카모리의 애인은 그 방정식에 관해 '싱귤래러티(기술적 특이점)를 맞이하게 되면 풀어낼 수 있다'고 술회했다.

기술적 특이점.

AI(인공 지능)가 인류의 능력을 웃돈다는 기술 혁신을 의미하던가. 확실히 자유 의사를 가진 인공 지능이라면 그 방정식을 안전하게 풀어낼 수 있을지도 모른다. 어느 쪽이든 간에 그 방정식은 아직 인류가 건드려서는 안 되는 것이다.

앞으로 그 방정식의 진실을 아는 사람은 나밖에 없게 된다. 분명 그 편이 나을 것이다. 그 방정식의 답이 인터넷상에 퍼지기라도 했다가는 인류가 순식간에 멸망할지도 모르니까.

G펜 모양 귀걸이가 흔들렸다.

전철이 급제동하는 것이 느껴졌다.

아직도 뇌리에 또렷이 각인되어 있다.

그 순간, 경계를 한 발짝 넘어선 것만 같은 감각이 확실히 있었다.

방정식을 풀어낼 때 인류가 얻게 될 새로운 물리 법칙은, 과학이 발전한 먼 미래가 아니면 제어할 수 없는 것인지도 모른다.

그렇기 때문에 더더욱, 누군가가 그 방정식을 검열하고 있는 것이다.

"모리오, 모리오. 오늘도 우리 열차를 이용해주셔서 감사합니다."

차내의 안내 방송을 뒤로하고, 모리오역 플랫폼에 내려섰다.

땀이 배어난 피부에 여름 밤바람이 불어와 기분좋게 닿았다.

오
카
미
사
마

키타구니 발라드

'시간은 돈이다'.

그런 말이 있다.

원래는 미국의 정치가 벤저민 프랭클린이 한 말로, 단적으로 말하면 '시간은 돈처럼 귀중한 것이니 불필요한 낭비를 하지 말라'는 격언이다. 외국 격언이지만 현대 일본인의 문화에 잘 스며들어 있는 말이다.

이 말은 〈시간〉보다 〈돈〉에 무게를 두고 있다.

'그 사람은 마치 여신 같다'든가 '이건 그야말로 내 보물이다'처럼 사람이나 물건을 다른 대상에 긍정적인 의미로 비유할 때, 〈비유의 대상〉은 '가치가 있다'는 것이 전제된다.

그러니 〈시간〉의 중요성을 말하는 예시로 사용되는 만큼, 〈돈〉이 중요하다는 것은 말할 필요조차 없다.

현대 일본에서 사는 이상 뿌리깊이 자리잡고 있는 것이

당연한 가치 감각이다.

다만… 그런 가치 감각이 자신의 고객인 인기 만화가 키시베 로한에게 뿌리내리고 있으리라는 생각이, 사카노우에 세이코는 도저히 들지 않았다.

키시베 로한의 고문 세무사, 사카노우에 세이코로서는.

"가끔 드는 생각이 있어. 로한 선생…"

"무슨?"

"당신이라는 사람은 어쩌면 사실 어디 먼 나라에서 태어난 왕자님이 아닐까, 하고. 아니면 본가가 대재벌이라서 마루노우치에 마음대로 할 수 있는 빌딩이 세 채쯤 있는 건 아닐까, 라든지."

"유니크한 상상인걸… 내가 그렇게 자란 것처럼 보이나?"

"아니. 안경도 얼마 전에 새로 맞췄지만, 그렇게 보이진 않아."

"그럼 뭐지, 방금 그 말은?"

"〈금전 감각〉에 관한 이야기야, 로한 선생."

〈오로비앙코 루니크〉의 볼펜에 달린 클립으로 관자놀이를 긁적였다. 그것은 세이코의 〈언짢다는 사인〉이다.

서른세 살. 여성으로서도 어른으로서도 어떤 〈성숙기〉에 접어든 세이코의 이 행동은, 부정적인 감정을 표출하고 있는데도 꽤 좋은 그림이 된다.

이곳은 사카노우에 세무사 사무소. 모리오초 외곽, 부도 가오카 고등학교와 모리오 공동묘지 사이에 있다. 동네에서 들어간 주택가에 위치한 단독주택에서 조용히 영업중이다.

실력은 좋은 편이다. 공인회계사나 행정서사 자격까지 가지고 있지만 유명세는 전혀 없고, 근무하는 사람도 세이코 한 사람뿐이다.

하지만 일정한 고객층에게 수요가 있는데, 예를 들면 운동선수나 프리랜스 라이터 혹은 키시베 로한의 직업인 만화가 같은 사람들이 주 고객이다.

세이코는 손님을 고른다.

수입으로 고르는 것이 아니라 〈재능〉으로 고른다. 육체적, 지성적, 예술적, 제각각이긴 하지만 아무튼… 〈재능이 있는 인간〉을.

한 가지 비범한 재능에 특화된 인간은 금전 관리에는 머리가 영 돌아가지 않는 경우가 많다. 이건 역사가 증명하고 있다.

문화사에 영원히 이름을 남길지도 모르는 인간의 〈가능성〉이 금전에 무딘 천성 때문에 묻히고 마는 일이 없도록, 혹은 파멸하지 않도록. 지식을 활용해 조언과 도움을 준다.

〈재능의 보호자〉.

그것이 사카노우에 세이코가 살아가는 방식이자, 긍지이다.

로한은 스무 살 때쯤, 모리오초에 사는 어느 조각가를 취재하러 갔다가 그녀를 소개받았다. 만화가는 개인 사업자라서 회계, 세무 전문가를 알아두는 것이 좋다는 말과 함께.

때문에 로한과 세이코도 그럭저럭 오래 알고 지낸 사이가 된다.

세이코도 로한처럼 예술가 기질의 인간을 여럿 봐왔다. 괴짜 손님을 상대하는 것 정도는 익숙해졌다고 생각한다. 그러나… 키시베 로한이라는 인간은 종종 세이코의 상식과 인내의 허용 범위를 초월해버린다.

그렇기 때문에 〈언짢다는 사인〉을 보냈던 것이다.

자주 있는 일이기는 하지만… 이번에는 명백한 원인이 있었다.

"있잖아, 로한 선생… 다시 한번 하는 말이지만, 당신한테 필요한 건 〈금전 감각〉이야."

"나한테 〈금전 감각〉이 없다고?"

무슨 서운한 소리, 라는 표정을 로한은 짓고 있었다.

그 표정에 약간 화가 치민 세이코는 하복부가 아파오는 기분이 들었다. 지병인 만성 방광염의 여러 원인 중 일부는 업무상 스트레스라는 걸 새삼스레 느꼈다.

"서민적인 금전 감각. 좀더… 상식적인. 예를 들면… 카메유 백화점의 〈스탬프〉를 열심히 모은다거나… 〈이탈리안 레스토랑의 리소토〉가 아니라 〈체인점의 규동〉 같은 메뉴로 점심을 해결한다거나… 〈호텔 고층에 있는 헬스 클럽〉이 아니라 〈집 근처 공원〉에서 조깅을 하거나… 당신한테 필요한 건 〈그런 금전 감각〉이라고."

"딱히 사치스러운 생활을 즐기고 싶어서 그러는 건 아니야. 맛있는 요리를 먹지 않고선 맛있는 요리를 먹는 〈감동〉을 그릴 수 없어… 다채로운 일상생활은 감성을 풍부하게 해준다고. 그게 돈이 드는 생활이라는 건 나도 〈알고〉 있고, 무리가 갈 정도로 계속할 생각은 없어."

"알긴 뭘 알아. 초등학생이 '숙제해'라는 말에 '응~ 지금 하려고 했어'라고 대답하는 것 정도밖에 안 되는걸. 난 그 〈알고〉 있다는 말 신용 못해."

"이것 봐~~~~"

이렇게까지 단호한 말을 들으니 로한도 기분이 좋지는 않았다.

사무용 책상을 두 개 이어서 만든 방문객용 데스크를 사이에 두고 로한은 세이코에게 반론을 펼쳤다.

"딱히 나도 돈을 물 쓰듯 낭비할 생각은 없어. 금전은 물론 중요하지. 그게 〈전부〉는 아니지만 사회에서는 〈절대〉적이야. 프로로 일하는 만큼, 그 대가로 받는 보수가 가볍지 않다는 것 정도는 안다고. 그걸 전제로, 쓸 수 있는 범위에서 〈필요〉하고 판단한 돈은 쓴다… 그게 〈상식〉적으로 잘못된 행동인가?"

"〈상식〉적으로 생각해서, 아무리 〈필요〉하다고 해도 〈취재를 위해 산 여섯 개를 사는〉 그 감각이 틀렸다고 말하는 거야!!"

솔직히 말해서 세이코는 그 시점에 이미 〈폭발〉한 상태였다.

그것을 알고 있었기 때문에 로한은 눈앞에서 느닷없이 〈투척된 볼펜〉을 간신히 피할 수 있었다.

볼펜은 로한의 등뒤에 있는 벽에 다트처럼 꽂혔다. 직격했다면 뺨에 〈구멍〉이 뚫렸을 것이다. 등골이 오싹하기는 했지만… 세이코가 〈폭발〉하는 모습을 보는 것은 처음이 아니다.

천성이 히스테릭하다는 것은 분명하다. 게다가 화가였던 아버지가 금전 관리를 못해서 재능을 살리지 못하고 파산한 과거가 트라우마라고 했다.

〈재능의 보호자〉 역할을 시작한 것도 그런 과거와 연관이 있다. 알 바 아니라고 하지는 않겠지만… 그녀의 과거와 로한은 관계가 없고, 반론도 하고 싶었기 때문에 물러서지 않았다.

"그러니까! 얘기했잖아? 그건 〈요괴 전설〉의 취재 때문에——"

"무대로 하려던 산에 리조트 회사가 도로를 낼 것 같아서 그 일대 산을 싹 사들여 멈추게 한 거라고 했었지——! 그래, 알아. 내 귀가 맛이 갔나 싶어서 당신이 샀다는 산의 숫자만큼 반복해서 물어봤으니까! 하지만 말이야, 분명히 말하는데 그건 머리가 돌아버린 인간이나 할 짓이거든! 이 세상 어디에 〈취재비〉 때문에 〈파산〉하는 만화가가 있어?!"

"〈이 세상〉 말고 다른 세상… 예를 들면 〈이웃 세계〉라든가, 그런 게 진짜로 있다면 꽤 흥미롭겠는걸… 적어도 〈이 세상〉에는 여기 한 명 있고, 난… 그건 〈만화가가 살아가는 방식〉으로서 틀리지 않았다고 생각해. 긍지가 있는 만화가라면, 어느 세상에서나 똑같지 않을까?"

"〈사업자가 살아가는 방식〉으로는 아주 심각하게 잘못됐단 말이야, 이 설사 같은 인간아아아아———!"

바람을 가르는 소리가 나면서, 이번에는 커터칼이 하늘을 날았다.

푹, 하는 가벼운 소리와 함께 벽에 꽂혔다. 피하기는 했지만, 이번에는 로한도 미간을 찌푸렸다.

로한의 등뒤에 있는 벽에는 이미 잔뜩 구멍이 생겨서 마치 달의 표면 같았다. 꽂혀 있는 필기구 몇 개를 보면 마치 특이한 펜꽂이나 펜들의 무덤처럼 보이기도 했다.

"허억… 허억… 로한 선생. 당신… 〈비용 대비 효과〉라는 말, 알지…?"

"모를 리가 있나? 들인 금액에 비해 어느 정도의 '효과가 있는가' 하는 거였지…? 그런 식으로 얘기해도 된다면."

"〈요괴 전설〉 만화… 산을 사들인 보람은 있었겠지? 여기서 '없었다'고 하면 그 시점에서 당신의 얼굴을 〈음악실 벽〉처럼 만들어주려고 하는데."

"그건 틀림없어. 최고의 취재였지. 더없이 하기 힘든 체험을 할 수 있었거든… 〈요괴〉와의 조우. 그런 체험을 '돈으로 샀다'고 치면 저렴한 축에 든다고 생각해."

"그래, 좋아. 어지간히 좋은 만화를 그릴 수는 있었겠지. '그래서 얼마나 벌었어'?"

"뭐?"

"원고료는? 만약 단행본으로 나오면 받게 될 인세는, 산을 사들인 투자에 맞먹는 수준이야? '수익이 난다'는 전망은 있었겠지?!"

"몇 번이고 말했을 텐데. 난 〈누군가가 읽어주길 원해서〉 만화를 그리고 있어. 오직 그것만을 위해서… 떠받들어지기 위해서도 아니고, 당연히 돈을 위해서도 아니야. 생활하기 위한 수입은 필요하지만, 〈좋은 만화를 그릴 수 있다는 확신〉이 있다면 〈수익〉 같은 건 아무래도 상관없어."

세이코는 노골적으로 어이없다는 표정을 지었다.

"응… 그래. 당신은 그런 사람이었지."

한숨을 쉬면서 말을 계속했다.

"하지만, 솔직히 말해서… 전부터 쭉 생각한 건데… 〈수익〉에 가치를 둘 생각이 없다면 〈프로〉일 필요가 없는 것 아냐? 요즘 세상에는 〈SNS〉 같은 데 만화를 올려도 수많은 사람들이 읽어주잖아? 오히려 〈취미〉로 더 많은 사람들한테 무료로 공개하는 편이 당신의 철학에 더 어울리지 않아?"

책상 위에 놓인 펜꽂이에서 세이코는 새로운 볼펜을 꺼내 이마를 긁었다.

방금 전과 달리, 문구점에서 파는 한 다스에 900엔짜리 싸구려였다. '또 투척할지도 모른다' 그런 예감이 들 때를 위해 구비되어 있는 것이었다.

어떤 의미에서는 '말 똑바로 하지 않으면 또 폭발하겠다'는 어필이기도 했다. 투척 전용으로 펜을 구비해둔다는 것은 무의미한 낭비가 아닌가, 라고 로한은 생각했다.

로한은 다소 긴장감을 느꼈지만, 이것은 가치관의 문제이다. 그렇다면 괜히 포장하거나 변명하는 것은 곧 인생에 〈불성실〉한 것이다.

따라서 로한이 하는 말은 철저히 진실이자 본심이었다.

"확실히… 〈예술〉이라면, 그것도 상관없겠지… 하지만 만화는 〈예술〉임과 동시에 〈엔터테인먼트〉이기도 하거든."

"그 두 가지가 그렇게 달라?"

"다르지. 〈예술〉은 자기 표현이야. '나는 이것을 그리고 싶다'고 생각해서, 그대로 작품을 완성하기만 하면 만족이지. 하지만… 〈엔터테인먼트〉는 외부로 향해야 해."

"외부?"

"독자 말이야. …프로라는 사실은 중요해. 보수를 받고, 마감을 정하고, 잡지나 단행본을 '돈을 지불하고 사서 읽어준다'. …'대가를 받고 있다'는 의식이, 작품에 〈책임〉을 낳거든. 가격표가 없다면 자기도 모르게 타협하기 마련이지."

"…다시 말해."

세이코는 한 차례 호흡을 했다.

자신의 해석을 2초 정도 머릿속에서 정리한 다음, 다시 말을 이었다.

"다시 말해, 로한 선생. 당신은… 〈책임〉을 지기 위해 프로 만화가를 한다는 거야? 책임을 통해서, 〈좋은 일〉을 하기 위해 돈을 벌고 있다고?"

"그렇게 되겠군."

"…보통은 돈을 벌기 위해 〈책임〉을 지거든? 그래서 〈좋은 일〉을 하려고 노력하는 거야. 우선 순위가 이상해. 〈돈〉이 1순위인 게 정상이라고!"

"좋은 만화를 그린다'. 그게 제1순위야. 다른 순서는 '있을 수 없어'."

"'있을 수 없어'는 내가 할 말이거든——!"

이중 삼중으로 정성껏 케어한 입술이 찢어질 기세로 세이코는 절규했다. 그리고 역시나 펜을 투척했다. 당연히 로한은 피했다.

하지만,

"앗!"

힘이 지나치게 들어가는 바람에 조준이 빗나갔을 것이다.

로한이 앉아 있는 책상 옆에 쌓인 서류 더미로 펜이 명중하더니, 그 기세를 이기지 못하고 그대로 무너져내렸다.

끈으로 묶어둔 청구서나 영수증이 바닥을 미끄러져 로한의 발밑까지 날아왔다.

"…성질을 돋운 건 미안하지만, 결국 이렇게 되잖아. 좀 진정하는 게 어때?"

"이게 다 누구 때문인데? 진짜~ 최악이야! 지금보다 5배는 빠른 속도로 스트레스가 쌓인다니까! 내가 또 방광염에 걸리면 어떻게 책임질 건데! 〈방광염 바이러스〉! 당신네 예술가들은 분명히 바이러스야!"

로한은 다음 공격이 날아들기 전에 떨어진 서류 다발을 주워들었다.

표지에는 〈○○년도분 영수증〉이라고 쓰여 있었다.

어느 누군가가 위탁한 기장 작업일 것이다. 마침 펼쳐진 상태로 떨어지는 바람에, 주워들자 그대로 내용이 보였다.

타인의 영수증을 엿보는 것이 좋지 않은 행동이라는 자각은 로한에게도 있었다.

다만 영수증이라는 것은 〈돈을 어디에 썼는지〉가 기록되어 있기 때문에, 〈헤븐즈 도어〉만큼은 아니라도 타인의 생활에 대해 많은 것을 이야기해준다. 그야말로 〈타인의 과거 그 자체〉라고 해도 과언이 아닌 서류이다.

때문에 솔직히 관심은 있었고, 엿보는 것이 나쁘다고는 생각했지만 그렇다고 절대로 보고 싶지 않은 것까지는 아니었다. 아니 보이는데 어쩌라고, 싶은 생각도 했다.

그보다, 뭐랄까, 다시 말해, 봤다는 것이다.

동기가 어떤지, 일부러 한 행동인지 아닌지는 상관이 없을 것이다. 중요한 것은 키시베 로한이 무엇을 보았고, 받아들였고, 관심을 가졌는가에 있었다.

그것이 바로 이번 이야기의 발단이 되니까.

"…〈오카미사마〉…?"

눈에 들어온 영수증 가운데 한 장.

생소한 단어가 있었다.

〈오카미사마(オカミサマ)〉라는 다섯 글자의 가타카나가 영수증의 성명란에 적혀 있었고, 그밖에 상품 몇 개라든가, 서비스라든가, 어디에 돈을 썼는지가 쭉 나열되어 있었다.

로한의 기억 속에, 이 단어에 해당하는 것은 없었다.

예를 들어 영수증의 서명란에서 자주 보는 〈上樣〉라는 한자가 떠올랐다. 〈お上樣〉라고 쓰고 〈오카미사마〉라고 읽는다면 아주 틀린 것은 아니지만, 이 경우 보통 〈우에사마〉라고 읽는다.

회사명일지도 모르고, 〈오카미岡見〉라는 성에 〈님〉을 의미하는 〈사마樣〉를 붙인 것인지도 모른다. 신경은 좀 쓰이지만 특별히 흥미를 자극할 정도는 아니었다.

세이코가 무시무시한 기세로 로한에게 덤벼들기 전까지는.

"돌려줘!"

"우오오오오~옷"

세이코는 몹시도 거칠게 로한에게서 영수증을 빼앗으려고 했다. 평소와는 달랐다. 그렇지 않아도 늘상 〈폭발하는 방식〉이 조금 별난 세이코이지만, 이 태도는 명백히 〈위험물〉에 대한 반응으로 느껴졌다.

하지만 그런 반응이 로한에게 어떤 효과를 초래하는지는

명백했다. 세이코도 행동 직후 그 사실을 깨달았다.

그렇다. 그 시점에 로한의 〈호기심〉을 완전히 자극시켜버렸다.

"…단도직입적으로 묻지. 〈오카미사마〉가 뭐야?"

"알려줄 것 같아? 난 분명 〈돌려줘〉라고 했을 텐데?"

"알려줄 수밖에 없을걸. 안 그러면 조금 특별한 〈취재〉를 하겠어. …예술의 추구를 위해서."

"…쯧."

세이코는 대놓고 혀를 찼다.

자세히는 모르지만, 세이코는 로한이 모종의 수단으로 〈강제적인 취재〉를 할 수 있다는 사실을 알고 있다. 여기서 말하지 않아도, 로한은 세이코의 기억이나 지식을 마치 〈오래된 장부를 펼쳐보듯〉 조사할 것이 분명하다. 그런 확신이 세이코에게도 있었다.

때문에 이미 체념하고 있었다.

자신의 지식을 남이 마음대로 들여다보고 만화의 소재로 쓰는 것보다는, 스스로 설명하는 편이 낫다고 생각했다.

"…〈오카미사마〉는 말이야, 교묘한 비기秘記야."

"비기?"

"그래. 자본주의 사회… 화폐로 가치를 재는 세계의 비기. 부기 교과서 같은 데에는 실려 있지 않고, 법률에도 적혀 있지 않아. 하지만… 우리 같은 직업을 가진 사람들 중에서 극히 일부에게만, 은밀하게 구전되고 있어. 사실로서 존재하는, 인정할 수밖에 없는 불가사의야."

"너무 빙빙 돌려 말하는 것 같은데. …단도직입적으로 묻겠다고 했잖아?"

"다시 말해… 으음. 예를 들면 계약서… 아예 영수증이라도 상관없어. 〈금전 거래〉를 기록한 서류에 거래자의 명의를 〈오카미사마〉라고 적는 거야."

"그럼 어떻게 되는데? 요점을 듣고 싶군."

"지워줘. '돈을 지불해야 한다'는 사실을."

"……"

그래서야 비기라기보다는 〈치트 코드〉가 아닌가. 로한은 그렇게 생각했지만, 세이코에게 게임과 관련된 비유는 통하지 않을 것 같아 입밖에 내지는 않았다. 때문에 세이코는 멈추지 않고 이야기를 계속했다.

"단, 〈오카미사마〉는 위험해. 〈공짜〉보다 비싼 건 없어. 어떤 형태로든, 이 세계에 존재하는 것은 〈거래〉라는 수단뿐이야. 〈거래〉는 〈숫자를 맞추는 행위〉… 절대로 이득만 있는 건 아니거든. '이득과 손해는 언제나 밸런스가 맞게 되어 있어'. 그것을 어긋나게 하는 행위니까 나름의 〈반동〉이 있지."

"…그런 괴담 같은 소리를, 꽤나 확신을 가지고 말하는

군?"

"그래. 당연할 수밖에. 그야——"

세이코가 하던 이야기는 갑자기 흘러나온 경쾌한 음악에 가로막혔다.

젊은 여성들 사이에서 유행하는 J-POP. 세이코가 노래방에서 선곡한다면 살짝 안쓰럽게 느껴질 만한 곡이다.

세이코는 로한에게 양해를 구하지도 않고 품속에서 스마트폰을 꺼내 전화를 받았다.

"여보세요, 사카노우에입니다. …츠치야마 씨? 아니 그러니까, 그 건은 거절했을 텐데요… 그리고 긴급한 연락이 아니면 업무 상담은 사무소 전화로… 네. 네…"

세이코는 통화하며 볼펜 클립으로 관자놀이를 긁적였다. 아무래도 통화가 길어지려는 모양이었다.

〈오카미사마〉와 관련된 이야기가 어중간하게 끝나는 바람에 로한은 아쉬웠지만, 핵심에 해당하는… 〈개요〉라 할 만한 부분은 들을 수 있었다.

그렇다면, 그다음부터는 스스로 〈취재〉할 수 있다.

그다음을 들으려고 해봤자 한도 끝도 없는 설교나 듣게 될 것이 불 보듯 훤했다.

그래서,

"바쁜 것 같으니까 오늘은 이만 돌아가지. …지금부터 흔치 않게도 〈출장〉 준비를 해야 하거든. 다시 날을 잡자고."

로한은 자리에서 일어나 사무소 출입구로 향했다.

등뒤에서 세이코의 시선이 느껴졌다. 그러고 보니 오늘은 결국 파산한 것에 대한 설교만 듣고 원래의 용건은 상담하지 못했다는 사실을 깨달았다.

자리를 뜨면서, 로한은 대답을 기대하지 않고 세이코에게 말했다.

"결국 원래 용건은 꺼내보지도 못했군… 〈달의 토지〉 매입 대금은 취재비로 처리할 수 있을지에 대한 상담은… 다음 기회에 하도록 하지."

날아오는 볼펜을 보고, 로한은 서둘러 돌아가기로 했다.

인터넷이 보급된 시대.

화상전화가 픽션에서나 나오는 슈퍼 아이템이던 시대는 한참 전에 지나갔고, 광통신망을 이용해 상대의 얼굴을 볼 수 있는 무료 통화 서비스가 넘쳐난다.

원래부터 재택 근무였던 만화가도 이러한 통신 수단의 발달로 지방에 살면서 편하게 일할 수 있게 되었다. 원고를 주고받는 것은 물론이고, 자택에 머무르면서 간단한 업무 미팅도 할 수 있다.

하지만… 그렇다고 해서 지방에만 틀어박혀 있어도 되는가? 그렇지는 않다. 이러니저러니 해도 작가는 원정에 나서기를 요구받기 마련이다.

잡지와 함께하는 기획과 관련된 업무 미팅이나 수도권에서 열리는 이벤트 참가, 출판사에 찾아가는 일이 잦은 작가는 의외로 적지 않다.

그날, 로한은 세타가야구 모처에서 열리는 이벤트에 초대받았다.

모리오초에서 S시까지 나가서 신칸센을 타고 약 한 시간 반. 도쿄역에서 약 30분. 세타가야의 미술관에서 개최된 것은 원화 전시와 대면 사인회였다.

그 유명한 하세가와 마치코長谷川町子*와 인연이 있는 곳이니 만화가로서 아주 흥미가 동하지 않는 것은 아니었지만, 평소의 로한이라면 자기 얼굴을 드러내는 이벤트에 나서서 참가하지는 않았을 것이다. 그런데 왜 왔는가 하면, 여기엔 또 서글픈 뒷이야기가 있다.

원고료 가불을 타진해봤더니 "그 대신이라고 하긴 뭣하지

---

* 일본 최초의 여성 프로 만화가.

만, 가끔은 많은 팬들에게 얼굴 좀 보여주는 것이 어떨까요"
라고 편집부에게 설득당한 결과였다. 아무리 로한이라도 거
절하기 힘든 상황이었다.

팬서비스도 만화가의 의무라고는 생각하지만, 그래도 심
신 모두 피곤한 일이다.

여비와 교통비는 나오지만 이벤트 참가에 대한 보수는 없
다. 다시 말해, 무상 노동이다. 그것 자체는 그다지 신경쓰지
않지만, 만화가는 아이돌이 아니다. 사인을 해주는 것 정도
면 모를까, 살갑게 행동하라는 소리를 들으면 스트레스를 받
는다.

"갑작스럽게 출장을 나오느라 스케줄도 아슬아슬해… 나
이거야 원. 아침엔 시간이 없다보니 드물게도 〈손톱을 깎다
가 살을 파먹기까지〉 했고, 빨리 돌아가고 싶다는 마음뿐이
야…"

그런 컨디션으로 이벤트를 마친 로한은, 〈마무리로 한잔〉
어떠냐는 편집자의 권유도 거절하고 서둘러 혼자가 되어 세
타가야의 거리를 터벅터벅 걸었다.

현재는 공원이 된 고분古墳 터라든가 산겐자야의 암시장
터라든가, 흥미가 동하는 곳이 없는 것도 아니었지만… 이날
의 로한은 〈느낌이 딱 오는〉 기분이 아니었다.

바로 그때.

"…〈오카미사마〉…였지."

생각난 단어가 있었다.

목적지에 흥미가 동하는 대상이 없을 때, 자기 안에서 그것을 이끌어내면 된다는 발상이었다. 단편적인 의미만을 듣고 끝나버린 그 단어.

로한은 〈분신사바〉를 들으면 시도해보고, 〈저주받은 동영상〉의 존재를 알게 되면 찾아보고야 마는 인간이다. 알지 못했던 무언가를 아는 데에 체험보다 더 좋은 수단은 없다.

"확실히… 〈금전 거래〉였어. 그럼 이 근처에서 뭔가 사는 것만으로도 가능할 거야. 〈계약서〉가 아니라 〈영수증〉이라도 상관없다… 거래자의 명의를 〈오카미사마〉로 적는다. …그뿐이었지."

생각이 난 이상 행동은 빨랐다.

곧바로 가장 가까운 서점에 들른 로한은 적당히 〈아주 필요가 없지는 않은 책〉을 찾았다. 마침 작화 자료로 쓸 만해 보이는 『인체해부도 상·하』라는 고가의 서적을 발견, 거기에 추가로 『코를 잃어버린 코끼리』라는 책이 눈에 띄어 구매하기로 했다.

총 세 권. 액수를 대충 계산해봐도 12,000엔 정도였다. 곧바로 계산대로 가서 별로 길지 않은 줄 끝에 섰다.

"어서 오십시오, 고객님. 포인트 카드는 가지고 계신가요?"

"없는데. 만들 마음도 없고."

"지금 만드시면 1회 구매 시 5퍼센트를 포인트로 적립해 드리고 있어요. 신분증을 보여주시고 터치패드를 잠깐 조작 하시면 2분 안에 만드실 수 있답니다. 앞으로 이용하실 때에 도 상당히 좋은 혜택인데요."

"필요 없다니까? 그 '매뉴얼에 적힌 대로 읽었습니다' 같은 식의 응대는 시간 낭비니까 안 했으면 좋겠거든~"

"죄송합니다, 고객님."

융통성이 없다고 할까, 좀처럼 〈매뉴얼식 대응〉을 벗어나 지 못하는 것이 로한은 마음에 들지 않았지만, 아무튼 결제 를 진행했다.

계산대 화면에 표시되는 금액이 순식간에 다섯 자리가 되 었다. 사비로 낸다면 저녁은 컵라면으로 때워야 할 것이다. 그렇다고 해도 일단 흥미가 동한 책을 사지 않고 돌아간다 는 선택지는 로한에게 존재하지 않았지만… 오늘의 진짜 목 적은 따로 있었다.

"아, 그리고… 〈영수증〉 좀 발행해줬으면 좋겠군. 전산으로 말고 수기로 부탁하지."

"알겠습니다. 성함이 어떻게 되시죠?"

"이름은 〈오카미사마〉로."

"예…? 〈오카미사마〉라고요?"

"그렇다니까? 가타카나로. 프로 야구 선수가 어린이 팬을 위해 공에 사인해주듯이 말이야. 빨리 좀 부탁해."

영 〈어리둥절〉한 점원의 표정에, 로한은 속으로 '어이 어이 어이, 뭐야, 혹시 그냥 뻥이었나?'라든가, '사카노우에 세이코… 설마 나를 금전적으로 괴롭히기 위해 연기라도 한 건 아니겠지… 그럼 만화 소재로 쓰려던 게 물거품으로 돌아가잖아. 그건 용서 못해' 같은 생각을 하고 있었다.

속아서 이 비싼 책을 사는 것보다, 〈재미있을 것 같았던 소재가 거짓〉일지도 모른다는 가능성에 로한은 훨씬 더 속이 탔다.

그러나… 그것은 곧바로 기우였음이 판명되었다.

"──고객님, 축하드립니다."

"뭐라고?"

영수증에 이름을 다 썼을 무렵.

타이밍이라도 맞춘 것처럼 갑자기 점원이 고개를 들었다.

"고객님. 저희 서점은 창업 이후 지금까지, 오너의 의향으로 〈인연〉을 소중하게 여겨왔습니다. 〈돈〉을 버는 것은 서점을 찾아주시는 고객님과의 〈인연〉 덕분이라고… 때문에 저희는 대대로 방문하시는 고객님이 몇 번째 손님이신지를 계산대에서 기록합니다. 그리고 〈동전이나 지폐의 액면가〉와 방문 순서가 일치하는 분께 혜택을 드리고 있지요. 다시 말해 한 분째, 다섯 분째, 열 분째… 천 분째나 오천 분째, 이렇게요…"

"……"

"그리고 고객님께서 〈만 분째〉이십니다. 오늘 쇼핑은 〈무료 서비스〉로 해드리겠습니다."

"…그런 거군."

이와 같은 흐름으로, 결국 로한은 책을 공짜로 손에 넣고 서점을 나섰다.

책 세 권이 담긴 종이봉투.

게다가 공짜인데도 건네진 〈영수증〉. 명의는 〈오카미사마〉. 내역은 〈도서 구매비〉, 금액란에는 〈12,000엔〉이라고 적혀 있었다.

"어떤 형태로 발동되는 건지 궁금했는데… 그런 거였군. '근본적으로 금전을 지불할 필요가 없게 된다'. …〈오카미사마〉는 진짜야."

의심할 여지가 없는 진짜 〈이변〉을 체감하고, 로한은 만족스럽게 영수증을 주머니에 넣었다. 이것은 〈세뇌〉나 〈환술幻術〉 같은 것이 아니다.

굳이 말하자면 〈운명 조작〉.

특수 능력이 등장하는 만화는 수두룩하지만, 그런 것은 최종 보스 정도는 되어야 내보낼 수 있을 정도로 강력하다. 지나치게 튄다는 사실은 부정할 수 없지만, 그래도 소재는 될 수 있을 것 같다.

조금 더 시험해보고 싶지만, 지불 회피에 가깝다보니 무턱대고 썼다가는 그저 〈공짜를 노리고 추잡하게 구는 행위〉로 전락할 가능성이 있다.

값비싼 자료에, 흥미로운 책도 손에 넣었다. 〈오카미사마〉를 시험해볼 기회는 조금 더 신중하게 기다리기로 하고, 일단은 호텔로 돌아가 이걸 읽는 것도 좋겠다. 그렇게 생각한 로한은 담당 편집자가 지정해준 비즈니스호텔로 발걸음을 옮겼다.

"…방에 도착하면 소재를 정리하고 새로 산 책을 읽자… 좋은 영감을 받기는 했지만, 당장 만화를 그릴 수 있는 환경도 아니야. 그럼 가끔은 좀 늦게 자도 괜찮겠지."

그렇게 생각하니 방에 가볍게 마실거리를 마련해두는 것이 좋겠다 싶었다.

호텔에서 제공하는 커피도 나쁘지 않지만, 맛에 편차가 심하다.

호텔 근처까지 돌아온 로한은, 눈앞에 보이는 자판기에 다가가 과즙 100퍼센트 오렌지주스를 샀다.

오렌지주스는 〈과즙 100퍼센트〉가 아니면, 오렌지의 단면 사진을 패키지에 쓸 수 없다. 〈공정거래위원회〉가 정한 방침으로, 슈퍼에서 사든 자판기에서 사든 품질이 보증된다. 좋은 문화라고 로한은 생각한다.

지불은 전자 화폐로. 로한은 도시의 갑갑한 분위기를 좋아하지 않지만, 철도도 택시도 자판기도 대부분 하나의 전자 화폐 서비스로 결제할 수 있다는 점은 도시의 이점이라 인정하고 있다.

스마트폰을 갖다대고 금액을 지불했다. 그런 다음 주스를 들고 호텔에 가서 곧바로 체크인을 완료했다.

예약한 이름은 키시베 로한이지만, 숙박비는 당연히 편집부가 낸다. 작가는 체크인을 마치고 편하게 쉬기만 하면 된다.

"음… 이 호텔 부대시설인 레스토랑이 나쁘지 않은걸. 가게 이름을 들어본 적이 있어. …〈사츠마 토종닭 카치아토라 cacciatora*〉라… 결국 이번 출장에선 내 돈을 거의 안 썼으니까 좋은 음식이라도 하나 먹고 갈까…"

방에 짐을 풀고, 로한은 일단 배부터 채우기로 했다.

레스토랑에 들어가 벽 쪽 작은 자리를 선택한 다음, 잠시

---

* 초벌구이한 닭고기 등을 토마토소스에 졸여서 만드는 이탈리아 음식.

메뉴를 둘러보았다. 처음 생각했던 메뉴는 〈카치아토라〉였지만, 다른 것들도 괜찮아 보였다. 이벤트를 마치고 내내 걸어서 그런지 몸이 나름대로 공복을 호소하고 있었다.

잠시 고민하다가, 로한은 결국 〈집오리 콩피〉가 메인으로 나오는 디너 코스를 주문했다.

그리고 요리가 나올 때까지, 로한은 가게 안을 둘러보며 시간을 보냈다.

비즈니스호텔 안의 레스토랑이다. 모리오초에 있는 단골 이탈리안 레스토랑에 비하면 저렴한 분위기이지만, 타협한 인상은 없다.

조명도 음악도 자기 주장을 억누르고 요리에 방해가 되지 않게 배려하고 있다. 호텔보다도 고급스러움이 느껴지는, 호감이 가는 인테리어에 기대가 부풀어올랐다.

마침내 요리가 나왔고, 역시 상당한 수준이었다.

"〈집오리 콩피〉… 소스는 레드와인이지만 매콤한 〈겨자가루〉가 식욕을 자극해… 혀를 도발하는 것만 같은 느낌이야. 라자냐도 적절히 익었군. 시금치의 나쁜 식감도 전혀 없고… 씹을수록 계속 뿜어나는 이 농후한 〈감칠맛〉은 〈호두 페이스트〉! 좋은데! 하나같이 〈한 번씩 놀라게 하지 않고서는 성이 안 찬다〉는 장인 정신으로 가득해!"

디저트인 〈고구마 무스〉도 정신없이 먹어치웠다.

솔직히 말해 도박하는 심정으로 와본 것인데, 예상보다 요리사의 실력이 훨씬 좋아서 음식의 맛을 즐길 수 있는 가게였다. 로한은 포만감과 만족감을 느끼며, 비싼 저녁을 먹었다는 생각은 조금도 하지 않고 계산대로 향했다.

모리오초로 돌아갈 때는 지갑이 가벼워지겠지만, 후회하지는 않는다. 그만큼 배와 마음을 든든하게 채웠기 때문이다.

그런데 계산을 하려고 했더니,

"숙박하실 경우, 지불은 체크아웃하실 때 호텔의 유료 서비스와 합산해서 처리하고 있습니다."

"호오, 그렇군."

다시 말해, 그 자리에서 지불하지 않게 함으로써 지출한다는 의식을 흐리게 한 다음, 나중에 일괄 청구하는 방식으로 지갑을 열게 한다…는 속임수다.

이처럼 조금이라도 〈더 벌자〉는 속셈이 보이면, 로한은 안심이 된다. 서점의 포인트 카드도 그렇지만, 이처럼 작은 아이디어로 소소하게나마 매출을 올리겠다는 것이 세이코가 말하는 〈서민적인 금전 감각〉인지도 모른다.

멍하니 그런 생각을 하면서 배를 가득 채운 로한은, 로비에서 저低반발 베개를 빌려서 곧바로 방에 틀어박혔다.

처음에는 성가신 일이라고 생각했지만, 막상 와보니 또 그렇게까지 나쁘지 않은 출장인 것 같다. 〈오카미사마〉도 시험해볼 수 있었고, 모리오초에서는 구하지 못한 책도 구입했다. 저녁식사도 맛있었다. 돌이켜보면 휴가 비슷한 것이었는지도 모르겠다.

남은 시간은 깔끔하게 정돈된 싱글룸에서 소재를 정리하고, 천천히 책을 읽거나 하면서 보내면 그만.

그밖에는 '돌아갈 땐 신칸센 역에서 돈가스 샌드위치를 사서, 창밖으로 흘러가는 경치를 즐기며 먹는 것도 좋겠군'이라는 생각만이 로한의 머릿속에 맴돌고 있었다.

날짜가 바뀌려 하고 있었다.

호텔 방에 들어가서 로한은 〈오카미사마〉의 소재를 노트에 적고, 만화로 표현하기 위해 간단한 콘티를 짰다. 괜찮다는 생각은 들었지만, 조금 더 〈선명하고 강렬한 자극〉이 있으면 좋겠다 싶었다. 무언가 추가할 요소가 필요하다고 느끼면서도 일단은 마무리했다.

그런 다음 잠시 동안 책을 읽었다.

『인체해부도 상·하』도 흥미로운 내용이었지만 덤으로 샀던 『코를 잃어버린 코끼리』가 의외로 재미있어서, 정신을 차리고 보니 시간이 한참 흘러 있었다.

아까 사온 오렌지주스는 이미 다 마셨는데, 묘하게 목이 말랐다. 그리고 보니 괜히 출출한 것 같은 기분도 들었다.

"자판기 주스치고는 꽤 맛있었지. …내일 아침에 일어나자마자 마시고 싶은 맛이야… 몇 개쯤 더 사서 냉장고에 넣어두도록 할까. 그리고 나가는 김에 편의점에서 적당히 먹을 걸 사두는 게 좋겠어…"

로한은 스마트폰, 그리고 일단 지갑을 들고 방에서 나왔다.

호텔 방은 그럭저럭 깔끔한 인테리어였지만, 복도는 약간 매력이 부족하다는 느낌이 들었다. 물론 비즈니스호텔의 복도에 통로 이상의 의미는 없으니 어쩔 수 없지만.

홀에서 잠시 엘리베이터를 기다렸다.

밋밋한 크림색 벽에 걸린 그림을 쳐다보면서 기다렸다.

"…추상화라는 건 분명한데, 크림색 벽에 새파란 그림을 걸어두다니 대체 무슨 센스람. 그래 놓고 꽃병에 빨간 장미를 꽂아둔 것도 영 이해가 안 돼."

가만히 살펴보니 벽지에 있는 정체 모를 노란 얼룩이나 누군가가 카펫에 낸 듯한 눌린 자국들이 하나하나 신경쓰이기 시작했다.

비즈니스호텔 홀에 미의식을 요구하는 것이 더 무리수가

아니냐고 할 수도 있겠지만, 1층 레스토랑의 인테리어는 나쁘지 않았다는 점 때문에 괜히 더 신경이 쓰였다.

형용하기 어려운 무심함이라고 할까, 조잡함이 너무나도 거슬렸다. 스스로도 이해하기 어려울 정도로 신경이 곤두섰을 때, 드디어 엘리베이터가 도착했다.

야심한 시각에 다른 누군가와 엘리베이터를 함께 타는 일은 그다지 없다.

혼자 타는 엘리베이터… 특히 내려가는 것은 어째서인지 갑갑함이 강하게 느껴진다. 로비까지 내려가는 건 아주 짧은 시간인데도 견딜 수 없어 조바심이 나곤 한다.

"그러고 보니… 〈엘리베이터를 타고 이세계로 가는 방법〉이라는 게 있었지. 그건 완전히 엉터리라 실망이 이만저만 아니었어."

로한은 천천히 내려가는 엘리베이터 안에서, 벽에 붙은 호텔의 층별 안내나 근처 이자카야의 할인 정보 같은 광고들을 바라보고 있었다.

살짝, 등뒤가 근질거리는 기분이 들었다.

작업과 독서에 열중하느라 샤워를 뒷전으로 했다는 사실을 깨달았다. 한번 깨닫고 났더니 어쩐지 옆구리나 목, 관절 언저리가 불쾌하게 느껴졌다.

턱을 만져봤더니 삐죽삐죽한 수염의 감촉이 느껴져 '여기서 주는 일회용 면도기는 쓰고 싶지 않으니 편의점에서 사 올까' 하는 생각이 들었다. 비즈니스호텔은 대부분 바로 근처에 편의점이 있다. 편리한 시대이다.

"…흠."

한번 의식해버린 탓인지 온몸에서 느껴지는 불쾌감이 점점 강해졌다.

물건을 사서 방으로 돌아가면 곧바로 샤워부터 하기로 했다. 호텔에 비치된 샴푸가 머리에 맞지 않는 경우도 있지만, 고작 1박에 샴푸까지 편의점에서 사고 싶지는 않았다.

문득 주머니에 넣은 손이 옷감에 걸리는 것 같은 이상한 기분이 들었다.

로한은 손을 꺼내 자신의 손끝을 보았다.

"…응?"

이상했다.

일단 처음엔 위화감이 들었다.

아동용 틀린 그림 찾기처럼 〈들어맞지 않는〉 느낌. 자신의 몸에서 일상적으로 가장 자주 보는 부위에서, 느껴져서는 안 되는 느낌.

"…뭐지…? 어떻게 된 거지? 이… 상태는?"

말로 하면 대단할 것 없었다.

——'손톱이 길어졌다'.

단지 그것뿐.

살점과 붙어 있는 복숭앗빛 부위의 끄트머리, 손톱 가장 끝에 있는 하얀 면적이 수 밀리미터 늘어난 정도.

고작 그런 일이, 머릿속에서 벌레가 기어다니는 것만 같은 불쾌감을 로한에게 선사했다.

"…그럴 리 없어. 오늘 아침에 〈막 손톱을 깎고〉 왔는데? 평소엔 조심하지만, 급한 나머지 〈살을 파먹은〉 정도까지 깎았는데…?"

내려가는 엘리베이터 안에서 내내 손끝만 응시했다. 마치 그 부위가 전혀 모르는 무언가가 되어버린 것 같은, 그런 감각이 있었다.

뿌득… 하는, 기분 나쁜 소리와 함께 손톱이 또다시 자랐다. 확실한 〈이상 현상〉을 눈앞에 두고서, 기분 나쁜 진땀이 피부를 적셨다.

어느 정도 손톱이 길어졌나 싶었는데 갑자기 줄어든다. 그러다가 또다시 길어진다. 빨리 감기 영상을 반복해서 보는 것 같은 기분을 자신의 몸으로 느끼고 있었다.

"뭔가 일어나고 있어! 내 몸에!!"

오싹, 하고 좋지 않은 위화감이 등을 타고 흘렀다. 로한은 곧바로 뒤를 돌아 자신의 등으로 손을 뻗었다.

바로 그때, 엘리베이터 벽의 거울에 비친 광경이 보였다.

자신의 등에 대롱대롱 달라붙어 있는, 〈작은 갓난아기〉가.

"이게 뭐야아아아아——————?!"

갓난아기.

그렇다, 말 그대로 갓난아기였다. 머리카락 없는 머리. 제대로 뜨지도 못하는 눈. 납작한 코.

하지만 이상하게 작았다. 엄지손가락 크기쯤 되었을까. 다리가 없었다. 그 대신 손이 여섯 개. 체형은 곤충 같았다.

게다가 광택이 나는 에메랄드그린의 피부.

로한의 기억에 비춰볼 때 〈풍뎅이〉 같은 색깔이었다.

그런 〈갓난아기〉들이, 자신도 모르는 사이 등에 잔뜩 붙어 있었다.

"이… 이게 뭐지? 엄청나게 많아! 50명 정도는 있어! 어느 틈에, 어디서 나타난 거지? 아니… 그보다 나한테 무슨 짓들 하는 거야!"

갓난아기들은 대답하지 않았다.

그저 작은 입을 크게 벌리더니… 로한의 등을 가차없이 물어뜯었다. 아픔 대신 가려움이나 간지러움이 느껴졌다. 그것이 오히려 더 불쾌했다.

그 모습에서 엄마젖을 빠는 모습보다는 〈거머리〉의 흡혈
이 떠올랐다. 거부할 수 없는 생리적 혐오감이 로한의 척수
를 타고 올라왔다.

"대체 이 녀석들은 뭐야! 〈흡혈〉 같은 걸 하고 있는 건가?
내 몸에서, 뭔가, 알 수 없지만… '빨려나가고 있어'! 게다
가——!"

로한은 깨달았다.

갓난아기들이 무언가를 〈빨〉 때마다, 아주 조금씩이지만
손톱이 길어졌다. 아니, 그뿐만이 아니다. 손등을 보니 상처
가 생겼다가 없어졌고, 아픔이 느껴졌다가 나았다. 어지러울
정도로 변화가 일어나고 있었다.

생명의 위기라고 할 정도는 아닌 것 같았다… 직접적인
위기에 처했다고 말하기는 힘들었지만, 그래도 자신의 신체
가 제멋대로 변화하고 있다면 더이상 의심할 여지가 없다.

그것은 〈공격〉이라고 표현할 수밖에.

"큭…!"

몸을 비틀면서, 크게 흔들었다.

개가 젖은 털을 말릴 때 하는 행동처럼 온몸에 달라붙은
무수한 〈갓난아기〉들을 털어내려 했다. 그다지 힘이 세지는
않은지, 손으로 세게 털어내니 거의 다 등에서 떨어졌다.

하지만 여기는 달아날 곳이 없는 엘리베이터 안. 발밑에 떨어진 갓난아기들은 로한을 빤히 쳐다보며 여섯 개의 손을 꼬물꼬물 움직여 천천히 기어왔다.

다행히 엘리베이터는 곧 1층에 도착한다. 몇 초만 더 견디면 달아날 수 있을 것이다. 어떻게든 더이상 공격받지 않게 해야 한다.

"헉!"

하지만 그렇게 느긋한 소리나 하고 있을 상황은 아닌 것 같았다.

천장에서 소리가 들렸다.

올려다보니 엘리베이터의 점검용 뚜껑이 조금씩 움직이고 있었다.

불길한 예감이 들었다. 머릿속에서 그것을 구체적으로 인지하기도 전에 점검용 뚜껑의 틈새로 새로운 〈갓난아기들〉이 얼굴을 드러내더니, 후두둑후두둑 떨어졌다. 바닥에 떨어질 때마다 비명처럼 '응애애' 소리를 지르는 것이, 로한도 본능적으로 귀를 틀어막고 싶어졌다.

어느새 로한은 병원균 무리를 보는 것 같은 기분에 사로잡혔다. 〈정체는 알 수 없지만, 확실하게 자신에게 변화를 초래하는 무언가〉가 눈앞에 대량으로 존재했다.

눈 깜짝할 새 바닥은 카펫이 깔리는 것처럼 〈갓난아기들〉

로 가득 메워졌다.

작다. 그리고 많다.

인간이 생리적인 혐오를 느끼는 타입의 조형——〈떼를 지어 몰려드는〉 적. 엘리베이터라는 폐쇄 공간에서 상대하자니 눈으로 보이는 것 이상으로 큰 압박감이 느껴졌다.

"포위당했잖아! 젠장… 엘리베이터! 빨리 1층으로… 빨리!"

외쳐봤자 엘리베이터는 가속하지 않는다. 하지만 기껏해야 12층에서 1층으로 내려가는 정도의 시간이다. 얼마 지나지 않아 엘리베이터 문이 열렸다.

"됐다! 이제————"

'달아날 수 있다'.

그렇게 말하려던 로한의 눈에 들어온 것은 통로 저편… 레스토랑 쪽으로 이어지는 복도에서, 떼를 지어 다가오는 새로운 〈갓난아기들〉.

다시 말해… 사태는 전혀, 조금도, 티끌만큼도 호전되지 않았다. 그렇게 말하지 않을 수가 없는 광경이었다.

"틀렸어… 이미 로비도 안전하지 않아! 달아나야 해… 아무튼 더 멀리… 게다가 이 자식들… 기어오는 주제에 '빠르잖아'! 시속 8킬로나 9킬로는 되겠어! 인간이 달리는 속도와 맞먹는다고! 쫓아올 수 없는 곳까지 달아나야 해!"

"손님, 외출하실 때는 룸 키를 잊지 말고 챙기시길 바랍니다."

"알고 있어! 당신들, 내가 돌아올 때까지 숙박객이 '아무리 봐도 필사적!'인 표정을 짓고 있을 때 대응하는 법도 매뉴얼로 만들어두도록 해! 알겠지!"

"조심히 다녀오세요."

호텔 직원의 어긋난 대응을 뒤로하고서, 로한은 로비 밖으로 빠져나왔다.

당연히 〈갓난아기들〉은 호텔 밖까지 쫓아왔다. 호텔 직원의 대응으로 미루어볼 때, 아무래도 로한 이외의 사람들에게는 보이지 않는 듯했다.

이대로 계속 달려서 도망쳐봤자 밤거리에서 〈갓난아기들〉과 끝없는 숨바꼭질만 할 뿐이다. 어차피 상황은 점점 나빠지다가 따라잡힐 것이 분명하다.

아무튼 일단은 무슨 수를 써서라도 따돌려야 한다.

좋은 방법이 없을까. 로한은 이리저리 둘러보며 주변을 확인했다.

"…저건…!"

그런 로한 앞에 마치 하늘이 내린 구원의 손길처럼 〈어떤 것〉이 나타났다. 너무나도 절묘한 타이밍이라 운명이라는 생각마저 들었다.

"좋았어… 저거면 달아날 수 있어! 〈갓난아기들〉의 페이스를 생각하면, 저걸 쫓아올 정도의 속도는 못 내! 그 이상 가속할 수 있다면 모를까!"

로한은 달리며 황급히 손을 들었다.

그 사인을 신호로 로한의 눈앞에 검은 차—녹색 번호판의 센추리 차량—가 멈춰 섰다. 운전석의 레버 조작 한 번으로 뒷좌석이 열렸고, 로한은 뛰어들다시피 탔다.

그렇다, 〈개인 택시〉였다.

차에 타자 곧 문이 닫혔다. 창밖을 보니 〈갓난아기들〉은 아직도 쏜살같이 로한을 쫓아 달려오고 있었다. 따라잡혔다가는 택시 문쯤이야 힘으로 열어버릴 것 같은 기세가 느껴졌다.

로한은 다급히 외쳤다.

"빨리 출발하자고!"

"어디로 갈깝쇼?"

"어디든지 상관없어! 아무튼 멀리, 최대한 멀리! 밟아줘!"

"휴우~… 분부대로 하시, 아니 분부대로 하겠, 분부대로 합죠~…"

자칫하면 선두의 〈갓난아기들〉에게 따라잡힐 뻔한 타이밍에, 로한을 태운 택시가 출발했다. 〈갓난아기들〉의 추적은 계속되는 것 같았지만, 택시가 속도를 내자 서서히 거리는 벌어졌다.

야경의 빛이 비처럼 흘렀고, 택시는 속도를 높였다.

길이 막히지 않았던 것이 참으로 다행이었다. 〈갓난아기들〉의 모습은 점점 작아지더니, 이윽고 밤의 어둠 속으로 삼켜져 보이지 않게 되었다.

그대로 달린 지 몇 분.

더이상 손톱이 자라는 일도 없고, 로한의 몸에 일어났던 기묘한 이변은 완전히 진정되었다.

"…달아나는 데에 성공했나…"

로한은 이마에 흐르는 땀이 차가워지는 것을 느꼈다.

안심한 탓인지 급격히 힘이 빠져나갔다.

이대로 잠들어버리고 싶어도 그럴 수는 없었다. 아무튼 그 〈갓난아기들〉의 정체가 무엇인지 생각해야만 했다.

짚이는 구석이 없지는 않았다.

"…설마, 그게 〈오카미사마〉인가? 분명 사카노우에 세이코가 말했지… 〈오카미사마〉는 위험하다고. 그 이유가 이거였나… 〈숫자를 맞추러 온다〉. 즉, 사용한 금액만큼 내게서 〈뭔가〉를 징수하러 온다…는 건가."

"손님, 뭘 그렇게 중얼중얼 하시는 겁니까요~? 아직 행선지를 말씀 안 하셨는뎁쇼~~~~"

"잠깐 조용히 계속 달렸으면 좋겠군. 여기서 멈춰도 안심할 수 있다는 확신이 없어. …말했잖아. 최대한 멀리 가달라고."

"저야 땡큐지만요~ 제가 요즘 〈송사〉 때문에, 좀 바짝 벌어야 하던 참이었거든요. 아니 말이 되냐굽쇼? 다른 여자랑 잠깐 노는 걸 들켰다고 해서 〈위자료〉가 수십만 엔이라니. 진짜 환장할 노릇이라니까요── 여태까지 내가 어떻게 먹여 살렸는데──"

"고생이 많군. 힘내라고."

"뭐, 그래도 어떤 의미에서는 이게 〈밸런스〉인가── 싶기도 하지만 말이죠. 아무튼 집사람이랑도 권태기에 빠져 있던 와중에 여대생이랑 불장난… 솔직히 〈좋긴〉 했거든요~ 배덕감의 맛이랄까… 하지만 그 하룻밤 좋은 경험을 한 대가가 수십만 엔이라니~~"

"하지만… 나한테서 〈뭘〉 징수하려는 것인지가 문제야… 손톱이나 수염, 머리카락이 자라다니…"

운전사와는 대화가 전혀 이루어지지 않았지만, 아무튼 택시는 계속해서 달리고 있었다.

로한은 어두운 차 안에서 자신의 손끝이나 손바닥을 만지며 생각에 잠겨 있었다. 어떤 공격을 받은 것치고는 피부가 윤기나는 것 같았다.

이어서 자신의 얼굴을 만졌다. 어쩐지 위화감이 든다.

스마트폰의 카메라를 셀카 모드로 해서 거울 대신 썼다. 확실히 키시베 로한의 얼굴이 맞았다.

그러나 그것은 〈자신의 얼굴〉이면서도 〈자신의 얼굴〉이 '아니었다'.

"…'젊어졌다'…!"

로한의 얼굴은 대략 〈스무 살 전후〉의 모습으로 보였다.

그 확신이 로한으로 하여금 이 공격의 정체를 파악하게 해줬다.

"〈시간〉이야! 〈시간은 돈이다〉! 비율은 알 수 없지만, 녀석들은 내가 쓴 금액만큼 내 몸에서 〈시간〉을 빼앗아간다… 그런 거였나!"

이 추리는 크게 틀리지 않았다. 로한은 그런 확신이 들었다.

손톱이 길어졌다가 짧아지는 것도 그랬고, 피부의 변화도 그랬다. 그 기묘한 빨리 감기 같은 현상은 강제적으로 〈몸의 시간〉이 〈되감겼기〉 때문에 발생한 현상…이라고 생각하면 납득할 수 있었다.

"꽤 달렸는데 다리나 허리에 부담도 별로 없고, 위장의 상태도 양호해. …뭐야, 꽤 고마운 적이잖아. …라고, 말할 수는 없지. 문제는 사용 금액 대비 어느 정도의 〈시간〉을 징수하느냐는 거야. 〈스무 살〉까지 되감아준 건 고맙지만, 이 이상 계속되면 〈어린애〉가 돼버릴 거야. …아니… 〈그 정도〉로 끝나면 그나마 다행이겠지."

이것이 〈오카미사마〉가 사용한 금액을 없애주는 대가라면, 신경쓰이는 것은 〈시간〉이 아닌 〈금전〉으로도 변제할 수 있느냐 하는 것이었다.

〈돌이킬 수 있는〉 성질의 것인지. 그것이 중요했다.

"분명, 사용한 금액은 12,000엔+세금. …지금 지갑에 있는 현금이라면, 아슬아슬하게 낼 수 있을 거야. …변제를 인정해주기만 한다면 말이야."

물론 그렇게 지불하고 나면 택시 요금은 다소 예산을 초과하게 된다. …이 시점에서 로한의 자산은 가불받은 원고료가 전부. 뼈저린 지출이라는 것은 확실했다.

마음이 무거웠지만, 일단은 당면한 이변을 피하는 것이 우선이다.

로한은 지갑과 주머니에 넣어뒀던 〈오카미사마〉의 영수증을 꺼냈다.

"응?"

무언가가 이상했다.

낮에 본 영수증과는 딴판인 물건이 나왔다. 분명 낮에는 〈오카미사마〉라는 명의 외에는 도서를 구매한 내역만 기재되어 있었다.

"…이럴 수가! 내가 영수증을 받은 건 서점뿐이라고!"

거기엔 지금 몇 줄의 항목이 〈추가 기입〉되어 있었다.

"설마! 이 영수증은!"

〈도서 구매 12,960엔〉.

〈오렌지주스 130엔〉.

〈디너 코스 A세트 5,616엔〉.

〈택시 운임 기본요금 710엔〉.

〈심야 할증 ×20퍼센트〉.

〈가산 운임 90엔, 180엔, 270엔, 360엔, 450엔, 540엔⋯〉.

〈ETC 요금⋯〉.

〈이자 ×30퍼센트〉.

〈─결제 기한, 금일 내─〉.

"말도 안 돼?! 웃기지 마! '서점에서 이용한 시점부터 모든 지출이 추가되면서, 계속 갱신되잖아'! 게다가 이자라니?! 아니, 그보다⋯ 큰일이다! 택시에 타지 말았어야 했어! 이 자식, '지금 이 순간에도 계속 가산되고 있어'!"

삐익, 하고 디지털 시계가 시간을 기록하는 것처럼 로한의 눈앞에서 영수증의 합계 금액이 증가했다. 자신도 모르게 운전석으로 시선을 옮기자, 택시 미터기의 금액이 계속 올라가고 있었다.

위기감이 부풀어올랐다.

이미 영수증에 적힌 금액은 로한이 가진 현금… 지갑에
든 금액만으로는 낼 수 없는 지경에 달했다. 그렇다고 ATM
이 있는 곳까지 가달라고 했다가는 저금한 돈조차 바닥날
것이다.

아무튼 이대로 계속 택시를 타고 달리는 것은 위험하다.
로한은 곧바로 외쳤다.

"지금 당장 택시를 멈춰! 여기서 내릴 테니까!"

"으잉~? …뭔 소리십니까, 손님. 그건 무리죠… 좀 보십
쇼, 도대체 어디에 세우라고요?"

"뭐라고?"

그 말을 듣고 로한은 창밖으로 지나가는 경치를 둘러봤다.

거리에 불빛이 없었다. 도쿄의 경치는 로한에게도 그렇게
익숙하지는 않았다. 하지만, 그럼에도 지금 보이는 광경이 상
정 범위 밖이라는 사실만은 이해할 수 있었다.

"헉!"

그리고 로한은 다시 한번, 영수증을 확인했다.

─〈ETC 요금〉.

"말도 안 돼! 그럼 지금, 이 차는!"

"손님이 그러셨잖습니까요─ '아무튼 멀리. 최대한 멀리.
밟아달라'고… 그렇게 말한 건 손님이라고요─"

"여기는! 지금 내가 있는 곳은!"

보행로가 보이지 않았다.

조명등의 빛이 마치 광선처럼 날아왔다. 택시는 아무리 생각해도 시내에서는 달리기 불가능할 정도의 속도로 달리고 있었다.

"〈고속도로〉! 게다가 도쿄도내도 아니야! 이 차가… 지금 향하고 있는 곳은!"

"심야의 〈택시〉한테— 장거리 손님만큼 쏠쏠한 벌이가 또 없거든요— 게다가 〈최대한 멀리〉라면 더 말할 것도 없습죠—"

택시는 목적지에 따라 고속도로로 달리는 편이 오히려 싼 경우도 있다. 요금 체계가 바뀌기 때문이다.

하지만 여기서 로한은 정말로 〈멀리 가고 싶은〉 것이 아니었다. 하물며 심야 할증에 추가로 고속도로 통행료까지 더해지는 건 사활이 걸린 문제였다.

택시를 세우는 순간, 언제 어디서 〈갓난아기들〉이 나타날 것인지——

그러나 그런 생각마저도 안이했다는 사실을, 로한은 그 직후 뼈저리도록 알게 되었다.

"……?"

택시 미터기가 덜덜거리는 소리를 내며 흔들렸다.

원래라면 영수증이 나와야 하는 기기에서 녹색의 무언가

가 주르륵 하고 삐져나왔다. 그것은 무엇인가. 이해하려는 마음보다 먼저 본능적인 기피감이 로한을 지배했다.

주르륵, 주르륵, 한 명, 또 한 명. 눈 깜짝할 사이에.

택시 미터기에서 차 안으로. 〈갓난아기들〉이 쏟아져나왔다.

"—큰일이다, 엄청 큰일이야! 알겠다, 이 자식들은… 내가 〈지불해야 하는 대상〉에서 발생하는 거야! 아마 그 책이나 레스토랑 계산대에서도 생겨나겠지!"

좌석을 기어올라 로한을 쳐다보는 〈갓난아기들〉.

엘리베이터 때보다 심각한 상황이었다. 좁고, 옴짝달싹할 수도 없고, 달아날 곳도 없다. 고속 주행중인 차 안에서 아기의 무리에게 둘러싸였다. 게다가 시간이 지날수록 로한의 부채는 제멋대로 불어나고 있다. 생각할 수 있는 최악의 상황이 바로 여기에 있었다.

위기에 박차를 가하는 것만 같이 미터기가 움직였다. 영수증에는 이자까지 꼼꼼하게 붙어서 금액이 계속 추가되었다.

"이대로는 부채만 계속 늘어날 뿐이야! 젠장! 어떻게든 해야 하는데! 더이상 빚이 불어나기 전에, 하다못해 이 〈영수증〉이라도 없애버려야지 안 되겠어!"

로한은 〈오카미사마 명의의 영수증〉을 손에 쥐고 단숨에 찢으려고 했다. 어차피 시판 영수증에 지나지 않았다. 특별히 강도가 대단한 것도 아니었고, 감촉도 종이를 찢을 때와 똑같았다.

그러나… 희미한 기대를 갖기는 했지만, 당연히 사태는 그런 식으로 해결되지 않았다.

"우오아아아아아아—————"

〈영수증〉을 찢으려고 하는 순간, 엄청난 고통에 휩싸였다.

마치 〈영수증〉과 연동되는 것처럼 로한의 이마가 찢어지며 피가 뿜어져나왔다. 로한은 자신도 모르게 상처 부위를 부여잡으며 좌석에 앉은 채 몸부림쳤다.

"아니, 손님. 뒤에서 그렇게 시끄럽게 구시는 건 별로 상관없는데요, 아무리 귀찮게 구셔도 요금은 못 깎아드립니다요. …으악— 그 상처는 뭐야!"

소동을 알아차린 운전사가 백미러를 힐끗 보았고, 사태는 더욱 악화되었다. 로한의 이마에 난 상처와 피에 젖은 좌석을 봐버린 것이다.

"아, 아냐… 이건…"

"아아~ 좌석에 피가 흘렀잖아아아아— 너 이 자식, 지금 대체 뭐하자는 거야! 그 시트가 얼마짜리인지 알기나 해! 내가 만만해 보이냐? 앙? 내가 만만해 보여? 무조건 변상해야 하니까 그런 줄 알아! 네 지갑에 돈이 없어도 무슨 수를 써서든 청구할 테니까!"

"아… 아니, 잠깐! 변상이라고?!"

"〈5만 엔〉은 받을 테니까 그런 줄 아셔――"

"뭐라고?!"

〈갓난아기들〉의 처리는 신속했다.

로한의 손 안에서 영수증의 금액이 변화했다. 〈카시트 5만 엔〉. 그러자 험악하기 짝이 없던 운전사의 태도는 마치 스위치가 꺼진 것처럼 진정되었다.

"…라고 생각했지만, 역시 됐어. 그야 손님은 왕이니까~ 일일이 변상할 필요까지야 있나… 뭐, 닦으면 지워지겠지, 피 정도는…"

"…농담이지? 고작 지금 이걸로 〈5만 엔〉이나 추가된다고? 이렇게 단순한 일로, 내 〈부채〉가 계속 늘어나는 건가? 젠장… 이대로는 답이 없어, 어떻게… 어떻게든 해서 이 〈영수증〉을 처분할 수 있다면…!"

"―소용없다―"

고통으로 신음하는 로한을 빤히 쳐다보면서, 〈갓난아기들〉 중 하나가 천천히 입을 열었다. 말할 수 있는 존재일 것이라고는 미처 생각하지 못했던지라, 로한은 당황했다.

"〈영수증〉은 네 〈과거와 미래〉를 기록하는 물건."

이어서 다른 〈갓난아기들〉도 제각기 말하기 시작했다.

"파손할 시 네 〈과거와 미래〉도 잃게 된다!" "〈숫자 맞추기〉

로부터 부정하게 달아나는 것은 불가능하다!" "저울은 좌우가 맞아야 하는 법. 너는 순순히 지불하는 수밖에 없다." "〈시간은 돈이다〉. 〈시간은 돈이다〉." "〈돈〉이 없다면——"

""""""〈시간〉을 지불해라. 키시베 로한!""""""

"……!"

그 말은 아마도 로한에게만 들렸을 것이다.

지엄한 울림을 가진 말.

〈이득을 봤으면, 손해를 봐라〉는… 〈밸런스〉라는 대의를 주창하는 입장에서 휘두르는 정론의 예리함이 거기에 있었다. 〈갓난아기들〉은 절대로 타협하지 않고 자신들의 사명을 집행할 것이라는 느낌이 들었다.

그래도… 위기에 몰린 로한으로서는 입을 열어 호소할 수밖에 없었다.

"기, 기다려… 현금으로 지불할 수는 없을까? ATM에서 돈을 찾아올 때까지 기다려주면 안 되겠어?"

"지금 가진 돈으로는 부족하다." "계좌에도 돈은 없다." "너에게는, 지금 당장 낼 수 있는 돈이 없다."

"뭐라고?"

"네게서는 〈저금〉의 기척이 느껴지지 않는다."

"무슨 소리야? 원고료를 가불받았는데, 그럴 리가…!"

그 순간, 로한의 뇌리에 되살아나는 기억이 있었다.

지난번에 사카노우에 사무소를 어째서 방문했는지. 그 용건이 자세히 떠오른 것이다.

"…〈달의 토지 매입 대금〉. …잔고를 다 털어서 샀던가…"

후회해봤자 이미 늦었다.

행여 ATM까지 간다 해도, 애당초 로한의 부채는 이미 그의 변제 능력을 넘어서고 말았던 것이다.

금전으로 지불한다는 방법을 쓸 여력이, 지금의 로한에게는 존재하지 않았다.

"…얼마냐…"

로한은 피가 흐르는 이마를 누르며 중얼거렸다.

"나는… 얼마를. 〈1엔〉 당 〈몇 초〉를 징수당하지…?"

"〈1엔〉 당 〈하루〉씩 받아간다."

"무슨 말도 안 되는 소리야! 폭리잖아! 최저 임금도 한 시간에 900엔 정도는 한다고! 내 하루가 1엔 정도의 가치밖에 안 된다는 거냐?"

"인간의 가치 기준 따위는 알 바 아니다…"

"뭐라고…?"

"너는 '금전을 지불한다'는." "〈운명〉을 뒤틀었다." "뒤틀린 1분 1초가." "그 정도의 대가로." "해결될 것 같으냐?"

"제, 젠장… 이미 총액이 8만 엔을 넘었어… 〈8만 일〉이라고?! 〈220년〉이라고?! 그만한 시간이 한번에 몸속에서 되돌려진다면——"

생각할 것도 없다.

200년은 고사하고 20년만 더 돌아가도 '키시베 로한은 태어나지 않는다'. 로한 본인이 〈갓난아기〉로 돌아가는 정도가 아니었던 것이다. 수정란일 때조차 갚아야 할 빚이 남아 있게 된다.

"이 정도 부채는 다 못 갚아… 〈파산〉이다! 이 상황에서 〈파산〉이라면!"

생각할 것도 없다.

키시베 로한의 〈시간〉이 완전히 사라진다는 것. 한 명의 인간이 자신의 〈시간〉을 전부 잃는다는 것.

세상은 그것을 〈죽음〉이라고 부를 것이다.

바로 코앞까지 다가온 결정적인 위기에 로한은 초조함을 숨길 수 없었다. 빚쟁이에게 지리멸렬한 변명을 늘어놓는 채무자를, 이 순간은 비웃을 수 없었다.

로한은 〈교섭〉이라는 수단을 선택했다.

"…부족할걸…"

"뭐라고?"

"나는 고작 스물일곱… 나 하나 가지고는 그만큼의 〈시간〉을 징수할 수는 없어… 지불 기한을 좀 늦춰줄 수 없을까? 반드시 〈현금〉을 손에 넣어서, 그걸로 갚을 테니까."

"안 된다." "〈영수증〉을 쓴 날이." "끝나는 시점에." "징수하는 것이 〈룰〉이다."

"나한테서 〈시간〉을 다 가져가도 〈27년〉밖에 안 된다고! 한참 부족해! 너희도 전액을 변제받는 게 더 좋을 텐데!"

"부족하면 〈너를 낳은 자〉에게 받으러 가면 그만이다."

"뭐라고?!"

"〈채무자〉가 죽는 시점에서." "〈영수증〉의 소유권이 이전된다." "〈권리〉와 〈의무〉가 승계된다."

로한은 이 순간 비로소, 이 〈오카미사마〉의 위험성을 제대로 이해했다.

〈징수〉에 타협은 없다. 본인에게 지불할 돈이 없다면, 가족이나 친척에게까지 그 부채가 넘어간다.

그뿐만이 아니다. 〈갓난아기들〉은 〈권리〉도 승계된다고 말했다.

"…즉, 〈이 갓난아기들〉도, 〈지불을 대신하는〉 상황도, 〈징수〉도… 모든 게, 내 가족이나 친지한테까지 넘어간다고?! 그건 말도 안 돼! 나뿐이라면 모를까… 이 빚을 다른 누군가가 떠맡아야 한다는 건가?!"

아니, 애당초 〈오카미사마〉에 국한된 이야기가 아니다.

현금. 토지. 건물. 주식. 배당. 빚. 뭐든 마찬가지다. 권리나 의무는 곧 이익이나 부채이다. 반드시 승계된다. 개인의 문제가 아니다.

〈세계〉는 반드시, 밸런스를 유지한다.

부채를 졌고 갚아야 할 필요가 있는 한, 그것을 혼자서 감당할 수 없는 상황이 되면 〈누군가〉가 그 책임을 지게 된다.

그 자리만을 모면하는 교섭은, 〈오카미사마〉가 허락하지 않는다.

아무튼… 단적으로 말하자면 간단하다.

다시 말해. …키시베 로한은 〈더이상 빠져나갈 방법이 없다〉.

"――〈징수〉를 시작한다!"

갓난아기들이 일제히 로한에게 달려들었다.

로한의 몸에 차례로 달라붙어 여섯 개의 손으로 단단히 매달렸다. 〈하루〉씩 서서히, 그러나 확실하게 로한의 몸에서 〈시간〉이 사라지기 시작했다.

"우와아아아아아아아아아아아아아아아아―앗!"

로한의 몸 여기저기에 갓난아기들이 달라붙어 무자비할 정도로 효율적인 〈징수〉를 실시했다. 아무리 떨쳐내도 해결되지 않았다. 고속도로를 달리는 자동차에서 뛰쳐나갈 수도 없었다. 이동식 처형실에 타고 있는 것이나 마찬가지였다.

"〈헤븐즈 도어〉!"

궁여지책에 불과하다는 것은 알고 있기는 했지만, 로한은 비장의 수단을 썼다.

갓난아기들 중 몇이 〈책〉으로 변하며—책의 페이지에 적혀 있는 것은 전부 영수증과 같은 로한의 지출 내역뿐이었다—움직임을 멈췄지만, 곧바로 그 뒤에서 또다른 갓난아기들이 떼지어 나타나 로한에게 달려들었다.

"제길… 〈헤븐즈 도어〉는 아무 도움도 안 돼! 한두 녀석을 공격해서 명령을 적는 정도로는 징수를 막을 수 없어!"

허공을 부여잡듯 허우적거리던 손이 서서히 가늘어지고, 짧아져간다.

피부가 탄력을 되찾더니, 점차 지방이 통통하게 오르고 얼굴에 여드름이 하나둘 생겼다. 골격도 작아져 묵직한 통증이 몸속에서 느껴졌다.

비명을 지르는 목소리가 점점 높아졌다. 변성기로 돌아간 것이다.

"더이상 시간도 선택지도 없어! …방법은 이것뿐이야!"

〈손해〉를 깨달았을 땐 신속하게 결단해야 한다.

더이상 물불을 가리고 있을 때가 아니었다.

해결 수단을 고르고 있을 여유가 없었다. 어중간한 지식으로 〈오카미사마〉를 써버린 로한은 이 상황을 해결하기 위해 쥐어짤 지혜를 갖고 있지 않았다.

더이상 혼자서는 처리할 수 없다.

그렇다면 남은 수단은 하나뿐이다.

"부탁한다… 제발 일어나줘!"

이 상황과 관련해 〈올바른 지식〉과 〈부과된 룰〉을 이해하고서, 〈대항 수단〉을 찾아야 한다.

묻는 것은 잠깐의 수치. 묻지 않으면 일생은 끝이다. 휴대전화를 처음 샀을 때 '구속당하고 있다'는 느낌이 들었지만, 깨닫고 보니 어딜 가나 그것을 꼭 들고 다니는 자신이 무섭기도 했다. 그러나 이 순간 로한은 그렇게 몸에 밴 습관에 감사했다.

로한은 주머니에서 스마트폰을 꺼내 발신 이력을 쭉 넘겼다. 얼마 전 통화한 연락처다. 원하던 항목은 금세 찾을 수 있었다.

화면을 터치해서 통화 버튼을 눌렀다.

고막이 터지지 않도록, 로한은 스피커에서 귀를 뗐다.

"―지금이 몇 시인지 알기나 해애애~~~~~ 이 망할 놈의 만화가 자식아아아아~~~~!"

아니나다를까.

"……"

전화를 받은 사카노우에 세이코의 격앙된 반응에, 로한은 입을 다물었다.

개인 번호로 밤늦게 전화가 오는 바람에 자다가 일어났으니 그럴 만도 했지만, 전화 너머로 〈쿡, 쿡〉 소리가 들리는 것으로 보아 아무래도 손에 잡히는 대로 물건을 던져대고 있는 것 같았다. 그나마 스마트폰을 던지지 않았으니 이성은 유지하고 있는 모양이었다.

그 소리가 잦아들기를 기다린 뒤, 로한은 다시 마이크로 입을 가져갔다.

"이 시간에 깨운 건 진심으로 미안하게 생각해. …하지만 비상 사태야. 미안하지만, 지금은 당신 말고 의지할 사람이 없어."

"뭘 웃기지도 않는 헛소리야! 당신의 하찮은 용건이 뭐든 간에, 내 피부 트러블과 눈의 피로와 방광염과 맞바꿀 가치가 있을 것 같진 않거든! 세상 돌아가는 얘기라면 선인장하고나 하시지!"

"〈오카미사마〉를 썼어."

"뭐라고?!"

세이코의 목소리가 분노에서 경악으로 바뀌었다.

그 반응은 로한이 어떤 존재에 손을 댄 것인지 그 〈위험성〉을 다시금 여실히 느끼게 했다.

"솔직히 말하지… 나 혼자서 처리할 수 있는 범위를 완전히 벗어났어. 난 이제 곧 중학생 정도의 나이가 되어버릴 거야… 부탁할게. 전문가로서 〈자산 운용〉에 관한 상담을 해줬으면 하는데."

전화 너머로 들려오는 로한의 목소리가 높았다. 〈소년〉 목소리였다.

세이코는 로한의 이야기가 거짓이 아님을 확신했다.

"…바보 같다, 바보 같다 생각은 했지만, 당신, 진짜로 바보였구나… 상상을 초월하는걸. 설마 〈오카미사마〉를 시험해 보다니. '무서운 줄 모른다'도, '세상 물정 모른다'도 아니야… '목숨 아까운 줄 모른다'가 딱이야. 분명히 말할게. 노린재도 당신보다는 똑똑할 거야."

"그래서, 어떻게 할 거지? 난 이대로 핀잔이나 듣다가, 통화가 끊기는 건가?"

대답에는 잠시 시간이 걸렸다.

길고 긴 한숨이 로한의 스마트폰을 통해 울려퍼졌다. 평범하게 생각하면 이쯤에서 통화가 끊겨도 이상하지 않을 것이다. 단… 그 일만은 일어나지 않을 것이라고 로한은 확신하고 있었다.

그리고 역시, 세이코는 말을 이었다.

"…우리 아버지는 〈화가〉였어."

"그건 전에도 들었어. …지금 꼭 해야 하는 이야기인가? 미안하지만 시간이 없어."

"우리 아버지라는 점을 빼고 봐도 센스는 있었지. 하지만 재능만으로 성공할 수 있는 세계가 아니었어. 말버릇이 '돈만 있으면'이었지… 아버지는 마지막에 〈오카미사마〉를 써서 어느 콩쿠르의 심사위원한테 〈뇌물〉을 줬다가 파산했거든."

"…과연, 자세히 아는 이유가 있었군. …그래서? 나는 이대로 핀잔이나 듣다가, 그렇게 당신의 아버지 같은 최후를 맞이하게 되는 건가?"

"난 아버지 같은 사람을 늘리지 않기 위해 이 일을 시작했어. …무모한 행동이나 사고방식 때문에 뛰어난 재능을 망가트리지 않도록. 그게 내 〈프라이드〉야."

결국 사카노우에 세이코도 〈프로〉다. 그렇기 때문에 더더욱 이어질 말은… 이것이다.

"──이게 〈일〉이라면 어떻게 못 본 척하겠어."

하물며 키시베 로한이라는 재능 있는 고객이라면. 아무리 돈을 괴팍한 방식으로 쓴다고 하더라도, 장래에 얼마큼의 업적을 남길지 예측하기 어려운 만화가를 죽게 내버려두는 것은 그녀가 원하는 삶의 방식이 아니다.

하루이틀 알고 지낸 사이도 아니다. 때문에 로한은 그 점을 알고 있었다.

전화 너머로 물을 마시는 소리가 들렸고, 그다음 말이 이어졌다.

"지금 〈영수증〉의 금액은 얼마야?"

로한은 이 순간에도 가산되고 있는 영수증을 보았다. 허리 밑으로는 이 순간에도 〈갓난아기들〉이 우글우글했다.

"…〈9만 엔〉이 넘었어. 조금만 더 있으면 〈10만 엔〉이 되겠군."

"그 정도라서 다행이야. …결론부터 말하자면, 당신은 그 상황에서 빠져나올 수 있어. 하룻밤만에 그 정도 액수를 벌 재능이 없는 사람이었으면 위험하지만… 당신이라면 가능해."

"구체적으로 뭘 어떻게 하면 되지?"

"이 전화를 끊은 다음, 지금 당장 출판사 쪽에 전화를 거는 거야."

"뭐라고?"

"곧바로 〈일〉을 만들어. 단편이든 뭐든 상관없으니까. 죽어버리기 전에, 뭐든 간에 〈10만 엔〉 이상의 돈을 구체적으로 손에 넣을 수 있는 〈미래〉를 확정 짓는 거야. 당신쯤 되는 만화가가 10만 엔이면 되니까 그렇게 해달라고 부탁하면… 심야에 전화받고 깬 상대도 대놓고 뭐라곤 못 할 거 아냐? 적어도 나보단 기분이 좋을걸."

"…그거면 되는 건가?"

"그래. 있잖아? 지금 당장 그릴 소재 정도는."

"그야 바로 지금, 〈오카미사마〉라는 소재를 한창 수집하고 있으니까."

"그럼 됐네. 〈오카미사마〉에게 그 만화로 돈을 버는 〈미래〉를 지불할 수 있으니까. 〈돈을 지불한다는 사실〉을 지워버린 것처럼, 당신은 어떤 형태로든 〈만화를 그려서 돈을 번다는 사실〉을 한 건, 잃게 돼… 다시 말해 〈꽝〉이 된다고 생각해. 그런 〈운명〉이 되는 거야."

"…만화 한 편이 꽝이 되는 것뿐? 그거면 되는 건가?"

"그래. 다만 〈그 소재를 쓴 만화〉는 영원히 그리지 못하게 돼. 〈운명〉이 그리지 못하게 하거든. 어쩌면 그 소재 자체를 잊어버리게 될지도 몰라. 하지만 당신은 위기에서 벗어난다… 그런 거야."

"…영원히 〈이 소재〉를 그릴 수 없다고?"

"당신이라면 그것 말고도 몇 회 분량의 소재 정도는 있을 거 아냐? …〈오카미사마〉는 언제나 〈돈〉과 〈시간〉을 거래해. 〈바로〉 지불할 수 없다고 해도… 당신이 가지고 있는 〈만화가로서의 소재〉에 지금 당장 〈미래를 손에 넣을 수 있는 가치〉가 있다면, 그건 가능해. 〈가치가 있는 미래〉라면 지불할 수 있어."

"…〈만화 한 편, 그리는 것을 영원히 포기〉하는 것만으로
이 상황을 해결할 수 있다… 그뿐인 거지? 내 해석이 맞나?"

"맞아. 죽는 것보다는 낫잖아?"

"그렇지."

로한의 엄지손가락이 〈통화 종료〉 버튼을 향해 움직였다.

"그럼 거절한다."

"뭐어〜〜〜〜〜〜〜?!"

"그 수단은 쓸 수 없어."

전화 너머로 세이코의 동요가 전해져왔다.

무리도 아니다. 아마 이 세상에, 이 결론을 납득할 수 있는
사람은 로한 말고는 없을 것이다. 로한은 그런 선택을 한 것
이다.

격앙된 것인지 초조한 것인지 모를 세이코의 목소리가 울
려퍼졌다.

"지금 그게 뭔 소린지 알기나 해?!"

"…지금, 난 죽음의 위험에 직면해 있지만… 동시에 〈오카
미사마〉라는 〈자극적인 소재〉를 몸소 체험하고 있어. 머릿속
에서 콘티가 그려지는 게, 이건 걸작이 될 거라고 확신해…
이제 종이에 그리기만 하면 끝이라고. 내 머릿속에서, 이미
작품은 완성돼 있어."

"목숨이 걸렸거든?! 〈오카미사마〉라는 소재를 날리는 게 싫으면, 다른 소재로 대신하든가!"

"재미있는 소재라면 뭐든지 마찬가지야. 알겠어? 난 〈누군가가 읽어주길 원해서〉 만화를 그리고 있다고. 〈재미있는 작품〉을 그려야 〈읽어주는〉 거야. 만화를 재미있게 만들기 위해서라면 전 재산을 날려도 좋아. 그렇게 얻은 〈소재〉는, 전부 내 〈무엇과도 바꿀 수 없는 재산〉이니까."

"말도 안 돼… 기다려. 전화 끊지 마!"

"〈재미있을 것〉이라는 생각이 든 이상, 〈이미 완성된 작품〉을 스스로 버릴 수는 없어. …하지만 상담은 크게 참고가 됐어. 역시 프로야, 라고 말해주고 싶군… 고마워. 늦은 밤에 깨워서 미안해."

"기다려! 기다려―― 야, 인마! 키시베 로한――!!"

흐리멍덩한 전자음.

그것을 마지막으로 로한의 스마트폰이 소리를 내는 일은 없었다. 세이코와의 통화도 마쳤고, 전화를 끊는 김에 전원도 껐다. 전화가 걸려와도 무의미하다고 판단했기 때문이다

"큭…"

로한의 몸은 이미 초등학생 정도로 작아져 있었다.

다시 보니 손이 작고 손가락도 가늘었다. 이래서는 연필을 드는 감각조차 다를 것이다.

"이 손으로도 만화를 그릴 수 있을까…? 아니, 유치원생 정도까지 어려진다면, 역시 펜을 드는 것조차 쉽지 않을 거야…"

로한의 몸이 조금씩 작아지고 또 작아진다.

계속 어려져서 아무것도 할 수 없는 갓난아기가 되어버리면, 〈징수〉에 아무런 저항도 할 수 없게 된다. 다시 말해, 기다리는 것은 〈죽음〉뿐이었다. 그리고 그 순간은 확실하게 다가오고 있었다.

"그래도… '떡은 떡집에'. …전문가에게 상담을 한 게 정답이었어. 지식이란 역시 그 방면의 프로를 당해낼 수 없는 법이지."

키가 작아지기는 했지만 로한의 시선은 아직 창밖을 볼 수 있었다.

어둠 속에서도 표지판은 헤드라이트를 반사해 선명하게 보인다. 그렇기 때문에 더더욱 로한은 그 표지판을 발견할 수 있었다.

"기쁘군… 저게 보이길 기다리고 있었어… 〈미래〉를 대가로 지불해도 된다면… 지금, 내 〈미래〉가 보였다."

로한은 쓰러질 것 같은 몸을 앞으로 숙여서, 운전사의 어깨에 손을 얹었다.

"엥, 뭡니까, 손님. …어라?"

운전사가 당황했다. 당연했다. 태운 손님은 〈스무 살 정도의 청년〉이었는데, 어느새 〈초등학생〉으로 변했으니까. 어리둥절할 수밖에 없었다.

"…저기 있는 〈휴게소〉에 차를 세워줘. 어서."

"우오오오오오오오! 뭐야, 넌――?! 어디서 들어온 거야?!"

"서둘러! 이러다 늦겠어!"

"이 꼬맹이는 대체 뭐야?! 아까 그 손님은 어떻게 됐고?!"

"어떤 상황이든 뒷좌석에 타 있는 내가 〈손님〉이잖아! 〈휴게소〉에 차나 세우란 말이야아아아――――――!"

로한의 눈에도 들어온 이상, 당연히 운전사도 표지판을 보았을 것이다. 의미불명의 상황 때문에 혼란스러운 와중에도, 운전사는 지시대로 핸들을 꺾었다.

택시는 차선을 변경해 휴게소의 주차장에 진입했다. 늦은 시간이라서 그런지 손님은 얼마 없어 텅 빈 주차장에 차를 세우자, 마치 외따로 격리된 것만 같았다.

운전사는 아이들링을 유지한 채 사이드브레이크를 건 뒤, 뒤를 돌아봤다.

그리고 당장이라도 힘이 다할 것 같은 로한의 모습을 보더니, 천천히 운전석에서 내려 뒷좌석 문을 열고서――

"――이야아압!"

"크, 윽!"

주먹을 꽉 쥐고서, 있는 힘껏 로한의 얼굴을 때렸다.

설명이고 뭐고 없이 날아드는 폭력은 멈출 줄을 몰랐다. 턱을, 가슴을, 배를, 둔탁한 소리를 내며 구타했다. 어린애가 되어버린 로한의 몸은 아무 저항도 하지 못하고 여기저기 멍 자국이 생겨났다.

방금 전까지 아무렇지 않게 운전하던 운전사의, 맥락 없는 폭력.

너무나도 갑작스러운, 이상하기 짝이 없는 사태.

그것은 로한의 몸에 달라붙어 있는 〈갓난아기들〉에게도 마찬가지였다.

"우왓?!" "뭐지?!" "두들겨 맞고 있잖아!"

구타의 충격으로 하나둘씩 떨어져나가는 〈갓난아기들〉. 이제 막 사명을 수행하려고 하던 〈갓난아기들〉도, 로한을 때리는 〈운전사〉조차도 이 상황을 파악하지 못하고 있었다.

맞고 있는 당사자, 키시베 로한을 제외한 그 누구도.

"헉!"

어른의 구타에 초등학생의 몸이 버텨낼 리 없다.

이윽고, 뼈가 뿌득거리는 감촉을 기점으로 운전사가 로한에게 퍼붓던 폭행을 멈췄다. 그리고 믿기지 않는다는 표정으로 자신의 주먹을 보았다.

그럴 수밖에. 본인조차 어째서 갑자기 손님을 때렸는지 몰랐기 때문이다.

"뭐… 뭐지? 내가 대체 뭘!"

"커헉… 컥. 크, 으으…"

"아, 아냐… 때릴 생각은 없었어…! 내가 뭘 한 건지 나도 모르겠다니까! 맹세해…! 〈어린애를 때릴〉 생각은, 전혀 없었다고!"

"…괜찮아, 이해해. 이런 수단은, 가능하면 쓰고 싶지 않았지만… 배부른 소리 할 때가 아니었으니까… 〈헤븐즈 도어〉를… 악용해버렸어."

운전사의 어깨에 손을 댔을 때 이미 명령을 적어뒀다. '키시베 로한을 죽지 않을 정도로 때린다. 하지만 만화를 그리는 데에 지장이 없도록 눈과 손은 반드시 피한다'.

로한의 얼굴은 맞아서 엉망진창이 되었지만, 표정에는 역시 겸연쩍은 기색이 있었다. 잠깐이라고는 해도 〈상대의 약점을 쥐는〉 수단을 선택했다는 자각이 있었으니까.

자신의 갈비뼈를 더듬으며 고통으로 얼굴을 찡그렸다.

"…전치 2개월 정도…는 나오겠는데. 〈위자료〉라면 50만 엔 정도, 라고 들은 적이 있어… 〈아동에게 가한 폭행〉이라면 더 나올지도."

"5… 50만!"

"하지만 그 정도까지 요구하진 않아. 내가 하게 만들었으니까…"

로한은 후들거리는 손으로, 주머니에 손을 뻗었다.

그리고 꽤나 글자 수가 많아진 영수증의, 〈10만 엔〉에 달하는 금액란을 택시 운전사에게 보여줬다.

"…그냥 여기서 〈합의〉를 보자고. 택시 요금, 고속도로 통행료, 다른 것도 좀 있지만… 이 영수증의 금액에 딱 맞춰서 〈깎아주지〉 않겠어?"

"……"

운전사는 곧바로 대답하지 못했다.

하지만 바로 이 순간, 이 자리에서 생판 모르는 타인을 구타했다는 자각은 있었다. 그것이 50만 엔 이상의 위자료를 요구받아도 어쩔 수 없는 행위라는 점 또한 이해하고 있었다.

하물며 그게 어린애라니, 혼란스러운 와중에도 죄책감이 앞섰다.

때문에 운전사의 〈마음〉이 그에 동의했다.

천천히 고개를 끄덕이는 모습을 보고, 천하의 로한도 미안함을 느꼈다.

"…안심하라고. 이 〈거래〉에… 현금이 움직이는 일은 없으니까."

그렇게 말하고 로한은 〈갓난아기들〉 쪽을 보았다.

〈갓난아기들〉 역시 당황하고 있었다.

지금도 로한이 무엇을 한 것인지 이해하지 못하는 듯했다.

로한은 서로의 얼굴을 마주보고 있는 갓난아기들에게 중얼거렸다.

"바로 지금… 〈돈을 얻는 미래〉를 손에 넣었어. 이 〈미래〉로 변제해주지 않겠어?"

〈갓난아기들〉은 잠시 눈을 깜빡거리다가… 이윽고 로한의 말이 어떤 의미인지 이해했다.

우글우글 떼지어 몰려왔던 갓난아기들이 서로의 얼굴을 확인했다.

그러더니 하나, 둘, 폴짝폴짝 뛰면서 로한에게서 멀어지더니… 어디론가 사라졌다.

"…위험했다… 만약 휴게소를 발견하는 게 5분, 아니, 2분이라도 늦었다면…"

로한은 손에 들고 있는 영수증으로 시선을 옮겼다.

금액란은 0엔.

명의도 어느새 무기명으로 변해 있었다. 그와 동시에… 정말로 전혀 깨닫지 못한 사이에, 로한은 어른의 몸으로 돌아와 있었다.

그것은… 그에게 찾아왔던 악몽 같은 상황의 끝을 의미

했다.

"…휴우…"

"어라, 손님?"

운전사는 방금 전과 딴판으로 어리둥절한 표정을 짓고 있었다.

"왜 그렇게 엉망진창이 되신 겁니까요? 어디서 한바탕 싸우고 택시에 타시는 건 좀 싫은데~ 성가신 일에는 말려들고 싶지 않은뎁쇼."

"…과연. 〈그런 식으로 처리〉되는 거군."

운전사는 '아이로 변한 로한을 때렸다'는 사실을 완전히 잊었다. 하지만 〈돈을 손에 넣기〉 위해 입은 상처는 어른으로 돌아온 로한의 몸에 여전히 남아 있었다.

기억과 죄책감이 사라졌다. 증거도 남지 않았다. 로한은 〈위자료〉도 〈치료비〉도 받을 수 없게 되었다.

돈은 없지만, 부채도 없다.

전치 2개월의 부상만이 남았다.

로한은 피로와 더불어 온몸을 휘감는 통증을 느꼈지만… 왠지 엄청나게 몸이 가벼워진 듯한 기분이 들었다.

"그럼… 이제, 어떻게 돌아갈지가 문제군… 돌아갈 택시비도 없고, 예약해둔 신칸센 시간도 그렇고… 병원에 갈 돈도 없으니까…"

적막만이 감도는 휴게소.

로한은 머리를 쓰려고 했지만, 강렬한 졸음이 덮쳐와 생각하기를 그만두었다.

그뒤에 어떻게 되었는가 하면.

로한은 택시가 아니라 구급차를 타고 휴게소를 떠나게 되었다.

그런 다음 담당 편집자나 지인들에게 이래저래 폐를 끼쳤지만, 어찌어찌 살아서 모리오초에 돌아올 수 있었다.

돌이켜보면 완전히 엉망진창인 출장이었지만, 따분하지는 않았다고 말할 수 있다.

몸은 아직 아프지만, 〈손과 눈은 무사하도록〉 다쳤기 때문에 일은 할 수 있었다.

죽을 뻔했던 체험이 영감을 자극해서, 로한은 상당한 기세로 신작 만화를 완성했다.

"〈오카미사마〉. …솔직히 말해서 무시무시한 체험이었지만, 확실히 소재로는 훌륭했어. 다시는 쓸 생각 없지만…"

원고 작업을 끝내고 나니, 히로세 코이치가 로한에게 온

우편물이 있다고 알려줬다. 얹혀 지내는 집의 주소를 알고 보냈으니 슈에이샤에서 온 것인 줄 알았는데, 막상 받아보자 그렇지 않았다.

"…〈사카노우에 세무사 사무소〉…"

불길한 예감이 들었다.

꼼꼼한 손놀림으로 봉투를 개봉했다. 이윽고 모습을 드러낸 〈청구서〉라는 글자와 그 내역을 보고, 로한은 빈혈로 쓰러질 뻔했다.

"어이 어이 어이 어이, 농담이지?! 〈50만 엔〉?! 심야 할증에 특별 상담료?! 아무리 그래도 너무하잖아! 제길, 사카노우에… 그 시점에 말이 나오면 〈오카미사마〉가 발동될 테니까 상담료 얘기는 한마디도 안 했는데! 악착같이 금액을 책정해서 청구서를 보내다니…!"

좋은 만화는 그릴 수 있었다. 원고료도 손에 들어왔다.

그렇다고 해도 이 금액이 싼 것은 아니었다. 로한은 파산 상태다. 저금도 없다. 아무리 생각해도 일시불은 무리다.

뭐라고 한마디 항의라도 하고 싶었지만, 〈오카미사마〉에 관한 상담료는 얼마가 적절한지 알 수 없었다. 무슨 말을 해봤자 로한이 완전히 나았지 않는 선에서 야금야금 전액 받아낼 것이다.

〈좋은 만화를 그리는 것〉은 무엇보다 중요하다. 그것만은 틀림없는 사실이다.

하지만… 가능하면 지출을 억제하자는 생각이 로한의 마음속에 조금이나마 싹트게 되었다.

아라키 히로히코 Hirohiko Araki

1960년생. 『무장 포커』로 제20회 데즈카오사무상에 준입선하며, 같은 작품으로 『주간 소년 점프』에서 데뷔했다.

1987년부터 연재를 시작한 『죠죠의 기묘한 모험』은 압도적인 인기를 자랑하고 있다.

이바 유스케 Yusuke Iba

소설가. 카나가와현 출신. 귀에 세 개의 점이 나란히 있다.

대표작으로 『스쿨 포커 워즈』 시리즈가 있으며, 좋아하는 스탠드는 크라프트 워크이다.

키타구니 발라드 Ballad Kitaguni

홋카이도 거주. 제13회 슈퍼 대시 소설 신인상 우수상 수상.

대표작으로 『애프리코트 레드』 『우리들은 리얼충이라서 오타쿠스러운 과거 따위 없습니다(순 거짓말)』 등이 있으며, 좋아하는 스탠드는 튜블러 벨즈이다.

미야모토 미레이 Mirei Miyamoto

'존초'라는 이름으로 좀비 게임 실황자로 활동하면서, 점프 소설 신인상 '14 Summer 캐릭터 소설부문 금상을 수상했다.

대표작으로 『마루노우치 OF THE DEAD』 『농사짓는 좀비 님』이 있으며, 좋아하는 스탠드는 림프 비즈킷이다.

요시가미 료 Ryo Yoshigami

2013년 『판처 크라운 페이시스』 시리즈로 데뷔.

대표작으로 『생존 도박』 『PSYCHO-PASS GENESIS』 시리즈가 있다.

SF 장르를 중심으로 소설과 각본 등 다방면의 미디어에서 활약중이며, 좋아하는 스탠드는 펄 잼이다.

옮긴이 김동욱

게임 및 IT 기술 번역으로 처음 번역과 연을 맺은 후 애니메이터 등 다방면으로 서브컬처 업계에 종사했다. 출판 번역에 입문한 뒤 전문 번역가로 활동중이며, 주요 번역작으로 『사가판 조류도감』 『사가판 어류도감』 『죠죠의 기묘한 모험』 『서유요원전』 『시도니아의 기사』 『백성귀족』 『죠죠리온』 등이 있다.

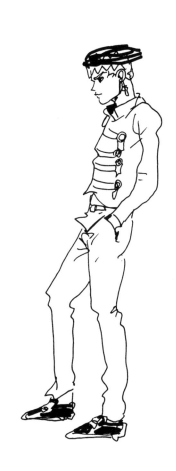

키시베 로한은 외치지 않는다

© 2018 by Yusuke Iba, Ballad Kitaguni, Mirei Miyamoto, Ryo Yoshigami
/LUCKY LAND COMMUNICATIONS

초판 인쇄 2023년 9월 13일
초판 발행 2023년 9월 20일

지은이 이바 유스케, 키타구니 발라드, 미야모토 미레이, 요시가미 료
original concept 아라키 히로히코

책임편집 이보은
편집 김지애 김지아 김해인 조시은
디자인 이보람
마케팅 마케팅 정민호 서지화 한민아 이민경 안남영 왕지경 황승현 김혜원 김하연
브랜딩 함유지 함근아 박민재 김희숙 고보미 정승민 배진성
제작 강신은 김동욱 이순호

펴낸곳 (주)문학동네
펴낸이 김소영
출판등록 1993년 10월 22일 제2003-000045호
주소 10881 경기도 파주시 회동길 210
전자우편 comics@munhak.com
대표전화 031-955-8888 **팩스** 031-955-8855
문의전화 031-955-3576(마케팅) 031-955-2677(편집)

ISBN 978-89-546-9501-5 03830

인스타그램 @mundongcomics
카페 cafe.naver.com/mundongcomics
트위터 @mundongcomics
페이스북 facebook.com/mundongcomics
북클럽문학동네 bookclubmunhak.com

• 이 책의 판권은 지은이와 (주)문학동네에 있습니다.
  이 책 내용의 전부 또는 일부를 재사용하려면 반드시 양쪽의 서면 동의를 받아야 합니다.
• 잘못된 책은 구입하신 서점에서 교환해드립니다.
  기타 교환 문의 031-955-2661 | 031-955-3580

www.munhak.com